Tausend Kilometer westwärts

oder

Von Tarutino über Jarmath nach Ingolstadt

Exposé

Ruhtraud Münch verlässt nach den Wirren der Oktoberrevolution ihre Heimatstadt Tarutino und versucht im Banat ihren Lebensunterhalt zu verdienen. Das Dorf, in dem sie eine Anstellung als Dienstmädchen findet, bleibt ihr fremd.

Die Mühlsteine des Dorfalltags verschonen auch die „herrisch" gekleidete Fremde nicht. Strenge Sitten und Bräuche markieren das Leben der selbst im Diasporazustand lebenden Banater Schwaben.

Das schüchterne Mädchen liebt und leidet und verstößt gegen die ungeschriebenen Gesetze der bäuerlich geprägten Dorfgemeinschaft. Doch gibt es kein Zurück in die Weiten der bessarabischen Steppe. Das Leben drängt Ruhtraud Münch vorwärts, hinein in die Auswirkungen der Nazipropaganda und die schrecklichen Folgen des Zweiten Weltkrieges.

Schreckgespenster durchziehen auch die zweite Hälfte des 20. Jahrhunderts. Ruhtraud trägt ihr Dasein als Außenstehende in einer sich wandelnden und schließlich der Auflösung anheimfallenden Gemeinschaft im Südosten Europas während der kommunistischen Diktatur mit Würde und heimlichen Tränen.

Auch ihrer Enkelin Julia wird ein ähnliches Schicksal zuteil. Die junge Frau setzt Familie und Leben aufs Spiel, um einer von Konventionen und Kontrollen geprägten Welt zu entrinnen.

Vita des Autors

Anton Potche wurde 1953 in Jahrmarkt (rum.: Giarmata) / Rumänien geboren. 1973 legte er seine Bakkaulareatprüfung am Industrielyzeum für Maschinenbau in Temeswar ab und arbeitete anschließend als Maschinenschlosser. Seit 1984 lebt er in Ingolstadt und übt einen gewerblichen Beruf aus. Er hat viele Beiträge zu gesellschaftlichen und kulturellen Themen sowie Gedichte, Erzählungen und Übersetzungen aus dem Rumänischen in verschiedenen Zeitungen, Zeitschriften, Anthologien sowie im Internet veröffentlicht.

Anton Potche

Tausend Kilometer westwärts

Roman

Bibliografische Information der Deutschen Nationalbibliothek:
Die Deutsche Nationalbibliothek verzeichnet diese Publikation in der
Deutschen Nationalbibliografie; detaillierte bibliografische Daten sind im
Internet über www.dnb.de abrufbar.

Erste E-Book Ausgabe: 2012 bei Amazon
Zweite (überarbeitete) Print- und E-Book-Veröffentlichung: 2015

© 2015 Anton Potche
Titelfotomontage: Anton Potche

Herstellung und Verlag: BoD – Books on Demand, Norderstedt

ISBN: 9783734758072

Inhalthaltsverzeichnis

I Steppenwind 7

II Holunderzeit 20

III Feuersbrunst 51

IV Eiszeit 83

V Tauwetter 142

Anmerkungen und Worterklärungen (*) 162

Nachwort 165

Das Verblassen der Realität verhilft der Fiktion zu ihrem Recht.

Personen und Handlung dieses Romans sind frei erfunden. Aber gewisse Ähnlichkeiten mit den Geschehnissen in einem ehemals deutsch geprägten Dorf im rumänischen Banat sind unvermeidlich.

I

Steppenwind

1

Die Erdklumpen lösten beim Aufprallen ein dumpfes Geräusch aus, das wie Keulenschläge auf den viel zu früh ergrauten Mann und die zwei Mädchen wirkte. Es klingt so, als ob der Sarg leer wäre, ging es dem Bauer durch den Kopf, doch nur für einen Augenblick, denn das nun grollende Fallen der Erde und das Aufschluchzen des größeren Mädchens zu seiner Rechten ließen ihn die furchtbare Gewissheit zum wiederholten Male in den letzten drei Tagen spüren.

Die vier Totengräber schaufelten drauflos. Einer zog seine Jacke aus und spuckte diensteifrig in die Hände. Die Hacken gruben sich in die Erde und formten einen Hügel. Der Friedhof von Tarutino wurde soeben um ein Grab reicher.

Die Herbstsonne stand schon tief über dem Horizont und der ewige Nordostwind schien es sehr eilig zu haben. Lorenz Münch nahm das vierjährige Mädchen auf den Arm.

Das andere Kind weinte noch immer leise vor sich hin. Es verstand schon etwas von dem Vorgefallenen und hatte Angst: Wenn Mutter jetzt wieder aufwacht, wenn sie ruft, zu uns will, heraus aus dieser engen Kiste?!

Die Hand des Vaters durchschnitt diese Gedankenstränge des Mädchens. Er streichelte sein glattes, in einen langen Zopf mündendes Haar und suchte seine Augen. Die Stimme klang rau, aber verständnisvoll und selbst jetzt noch zuversichtlich, als er sagte:

„Emilie, unsere Mutter ist bestimmt schon im Himmel. Sie war ein viel zu guter Mensch, als dass sie jetzt woanders sein könnte."

„Kann sie uns wirklich sehen?" Hoffnung und Erleichterung schwang in dieser Frage mit. „Natürlich. Du hast doch gehört, was Pastor Huber gesagt hat. Im Himmel gibt es ein

Wiedersehen und von da oben sieht man die ganze Erde."
„Wird Mutter auch die kleine Ruhtraud sehen?"
„Sie wird bestimmt im Himmel für ihr kleines Mädchen beten. Und sie wird auch für dein Schwesterlein Hulda, für dich und für mich beten."

Lorenz Münch nahm Emilie an der Hand und mit Hulda auf dem muskulösen Arm schritten sie langsam dem Städtchen zu. Es waren viele Leute beim Begräbnis, dachte er.

Auch der Oberschulze war gekommen, und der Volost-Schreiber*. Es war fast so wie bei der Beerdigung eines städtischen Würdenträgers. Gleich hinter Lorenz und den Mädchen waren seine Schwiegereltern, seine Schwester und deren Mann im Leichenzug gegangen. Dahinter hatte sich sein Onkel, der Großliebentaler Oberschulze Johann Münch, und der Zemstvo-Abgeordnete* Andreas Andreevic Widmer* aus Wittenberg eingereiht. Widmer war ein Freund der Familie aus seiner Zeit als Dorf- und später Volost-Schreiber in Tarutino. Die zwei Männer hatten schon am Morgen mit ihren Beileidsbekundungen Lorenz ihre Aufwartung gemacht, da sie unmittelbar nach dem Begräbnis nach St. Petersburg zu einer Duma-Sitzung fahren mussten.

Besonders von den Warschauern* bekundeten viele ihre Anteilnahme. Es war nicht nur die Sprache, sondern auch das zwar immer mehr verblassende, aber noch verbindende Wissen um die gleiche Abstammung, das die Menschen in diesen schweren Zeiten zusammenrücken ließ.

Leicht war es eigentlich nie, das Leben in der Steppe Bessarabiens. Mit 60 Desjatinen* Land hat Lorenz Münchs Urgroßvater vor fast hundert Jahren hier angefangen. Nur die Grundrisse der ersten zwei, hintereinander gelegenen Räume des Hauses haben das Kronshäuschen überlebt, das der Siedler aus dem Herzogtum Warschau sich damals gebaut hatte. Lorenz' Vater baute dann das heutige Haus aus gebrannten Ziegelsteinen. Es umschloss je einen Wohn- und Schlafraum, eine Küche, eine Weinkammer und einen großen Stall für die zwei Kühe und zwei Pferde. Lorenz konnte sich noch an den Hausbau erinnern. Das war 1890, als er zehn Jahre alt war.

‚Jetzt bin ich dreißig', sinnierte Lorenz, ‚und meine Leontine ist von mir gegangen. Drei Mädchen soll ich großziehen. Wenn der Winter wieder ohne Schnee bleibt und der verrückte Wind auch nächstes Jahr alles zu Staub macht, muss ich verkaufen.'

Das Herz des Bauern schnürte sich zusammen. Er spürte zum ersten Mal im Leben richtige Angst, Angst um die Zukunft. Sorgen um die Kinder machten sich breit. Er dachte an das vor drei Tagen geborene Mädchen. Die Hebamme hatte ihm das Kreuz auf die Stirn gezeichnet und seine Taufe im Namen des Vaters, des Sohnes und des Heiligen Geistes vollzogen. Das Kind war sehr schwach und der Pastor war nicht vor Ort. Ruhtraud, tauf sie Ruhtraud, hatte Leontine kaum hörbar gehaucht. Es war ihr letzter Wunsch.

„Meine Leontine", presste Lorenz zwischen den Zähnen hervor. Die Tränen forderten ihr Recht, brachten ihm aber keine Erleichterung. Herzgestein härtete sich in seiner Brust. Warum er? Warum? Er war doch gut, immer gut zu Leontine gewesen. Und sie hatten sich wirklich gern gehabt. Warum musste dieses Kind kommen? Es hat ihm seine Leontine getötet.

Dieses Jahr hatte einfach zu viel Unheil über Lorenz Münch gebracht. Zuerst waren seine Eltern innerhalb von drei Wochen gestorben, der Vater, dann die Mutter. Es folgte die schlechte Ernte. Jetzt hat Leontine ihn verlassen, für immer, und dieses Mädchen ist gekommen. Ein Mädchen, wieder nur ein Mädchen.

„Ja, es ist doch so. Dieses Kind ist ein Unglück", murmelte Lorenz voller Bitterkeit, für das Mädchen an seiner Seite unverständlich, vor sich hin. „Wie soll ich es durchbringen ohne Mutter? Ich werde es meiner Schwester geben. Die soll es in ihr russisches Rudel aufnehmen. So kann sie wenigstens zeigen, dass sie auch etwas Gutes tun kann, hat sie doch Vater und Mutter eine unerträgliche Schande mit ihrer Heirat – damals, nach dem Krieg mit den Japanern - aufgebürdet. Grigori ist zwar nur ein beigelaufener Kosak, aber er hat für Kinder viel übrig."

Der Wind war stärker geworden und trieb jetzt dunkle Wolken dem Schwarzen Meer zu. Als Lorenz Münch in die breite, schnurgerade Straße mit den weiß getünchten Häusern und Steinzäunen einbog, fielen vereinzelte Regentropfen auf sein Haupt. Das zehnte der lang gezogenen Bauernhäuser lag wie ausgestorben in der Dämmerung.

2

Tarutinos entfernteste Gewannen Ackerland lagen östlich der Kagil'nik, nicht allzu weit von Berezina entfernt. Die Münchs hatten drei Lose Acker und ein Los Heuschlag in dieser gottverlassenen Gegend. Fast zwei Stunden benötigte Lorenz Münch, um die Feldstücke mit seinem Leiterwagen zu erreichen.

Er hat die Zersplitterung der Kolonistenfelder schon oft verdammt, aber der ertragreiche Boden in der Nähe des Flüsschens hielt schon seinen Vater von einem erwogenen Verkauf ab. Die Kagil'nik selbst war für die Tarutinoer Bauern auch nur selten ein Hindernis. Im Sommer war sie fast ganz ausgetrocknet und schneereiche Winter gab es nicht oft in der südrussischen Steppe, so dass sie auch während der Schneeschmelze nur bedingt Hochwasser führte.

- - -

Lorenz Münch war auf dem Heimweg. Wie so oft in den letzten acht Jahren nach dem Tod seiner Frau war er auch an diesem Tag allein mit seinen Pferden unterwegs. Er fuhr der Sonne nach. Die war aber schneller und schickte sich schon an, hinter dem Horizont zu verschwinden.

Es war noch sehr warm und über der Steppe lag eine drückende Schwüle. Das sieht ganz nach Regen aus, dachte sich Lorenz und straffte ein wenig die Zügel. Die Rappen fielen in einen leichten Trab und der Wagen zog eine Staubwolke hinter sich her.

Vielleicht hätte ich dieses Feld gleich nach Leontines Tod doch verkaufen sollen. Mit den Losen hinter der Weide am

Stadtrand wäre ich auch über die Runden gekommen. Jetzt hört man, das Feld soll enteignet werden, wenn die Bolschewiken kommen. Dann sollen sie sich's hinten reinstecken.

Lorenz lachte. Es klang gequält, voller Bitterkeit. Er griff hinter den Sitz und zog die Schnapsflasche hervor. Ein Zigarettenstummel flog in weitem Bogen in den Staub. Dann führte er die Flasche hastig an die Lippen und trank wie aus dem Wasserkrug. Der Pflaumenschnaps suchte sich brennend seinen Weg durch die Kehle in den Magen.

Lorenz warf die leere Literflasche über die Schulter in den Wagen und schickte ihr einen deftigen russischen Fluch hinterher. Morgen wird es schon besser gehen. Seine Schwester Gertrude und ihr Mann haben ihm versprochen, beim Mähen zu helfen. Grigori kann die Sense gut führen. Der hat noch Kosakenblut in den Adern. Sie werden auch ihre zwei Buben mitbringen. Das wird schon gehen. Und übermorgen kommen wir mit dem Stirnwärmer raus. Der Wagner hat ja versprochen, die gebrochene Haspel bis dahin zu reparieren.

Auch seine zwei Mädchen werden dabei sein. Das Garbenbinden hat Hulda schon im vergangenen Sommer Spaß gemacht und Ruhtraud wird mit Strohpuppen spielen können. „Schade, dass Emilie nicht da ist", sprach Lorenz mit sich selbst. Sein Gesicht hatte einen wehmütigen Zug angenommen, der auf das Schwingen ungeahnter Gefühlssaiten im Innern dieser verwitterten und auf den ersten Blick kantig erscheinenden Bauerngestalt hindeutete. „Sie soll ja noch vor dem Ende des Schnitts aus Odessa kommen." Das Mädchenheim wird vergrößert, hat seine Schwester ihm am Sonntag aus einem Brief seiner ältesten Tochter vorgelesen. Selber hatte er es nicht so mit dem Lesen und Schreiben. Darum bleibt das Heim bis in den Spätherbst hinein geschlossen, stand in dem Brief. Der Pastor wollte das allerdings nicht so recht glauben. Er meinte, es wäre wegen der schlechten Lebensmittelversorgung in den großen Städten.

‚Hulda, Ruhtraud.' In den zurückliegenden Tagen hat Lorenz Münch oft in seiner Einsamkeit an die Kinder denken müssen. Warum das so war, fragte er sich nicht. Sie waren einfach da, die Gedanken an die Mädchen. Ruhtraud war bei Gertrude und Grigori Platonowitsch in fürsorglichen Händen. Trotzdem, eine innere Unruhe hinderte ihn, seine Gedanken in gerade Bahnen zu lenken. Ich habe zu viel Schnaps in mir, dachte er dann, um gleich danach wieder über andere Dinge nachzugrübeln.

Es war Krieg in Europa und am Don tobte der Bürgerkrieg. Die Deutschen waren zwar da und die Ukraine sollte mit ihrem deutschen Generalgouverneur bolschewikenfrei bleiben, aber alles war so ungewiss. Gerüchte beherrschten die Wirtshausdebatten. Es trieb sich so viel fremdes Gesindel wie nie zuvor in der Gegend herum.

‚Hulda ist schon zwölf Jahre alt und tagsüber oft allein zu Hause, seit Emilie in Odessa weilt. Es könnte ihr etwas zustoßen.' Solche Gedanken begannen sein Gemüt zu bedrücken. Die Pferde waren längst in ihren alten, langsamen Trott zurückgefallen. Hulda hat es nicht besonders gut bei mir, haderte der in sich zusammengesunkene Bauer mit seinem Schicksal. Es war ihm in diesem Augenblick bewusst, dass er dem Mädchen die Mutter nie ersetzen konnte. Immer wieder hatte er sich vorgenommen, lieb und gut zu sein. Leider hat der Schnaps immer öfter in seinen Eingeweiden gebrannt und seine Gefühle vernichtet. Wie oft war er nur ein unkontrolliertes Bündel Frust? Dann hat Hulda sich stets irgendwo im Haus versteckt. Die Deutschen im Städtchen haben es bald alle gewusst und auch die Russen und Rumänen haben die Köpfe zusammengesteckt, wenn er aus dem Wirtshaus nach Hause getaumelt ist. Es war nicht der Alkohol, der die Frauen von ihm abhielt, sondern die Kinder waren schuld, redete er sich oft ein; und wenn man den breitschultrigen, muskulösen Körper, der einen hochstirnigen Schädel trug, aus dem zwei graublaue Augen manchmal recht gutmütig in die Sonne blinzeln konnten, sah, so war man sogar geneigt, das zu glauben. Aber wenn Lorenz Münch morgens mit nüchternem Verstand hinaus in die unendliche Weite der Steppe fuhr, glaubte er selber nicht an diese Theorie und Selbstzweifel marterten sein ausgeruhtes Gehirn. Dann griff er meist schon mit dem Sonnenaufgang hinter den Wagensitz.

In letzter Zeit hatte ihn wirklich oft eine unbändige Sehnsucht nach der kleinen Ruhtraud gepackt. Das Mädchen, das er nach seiner Geburt so gehasst hatte, ähnelte immer mehr seiner Mutter. Jetzt hätte er es am liebsten bei sich zu Hause gehabt. ‚Vielleicht könnte ich dann mit dieser Sauferei aufhören.'

Lorenz Münch spürte, dass sich trotz aller Wirrnisse im Kopf so etwas wie ein Ziel vor seine getrübten Augen schob. ‚Ich muss Gertrude drauf ansprechen.' In den bereits vergangenen Sommerwochen hatte er sich schon ein paar Male vorgenommen, das zu tun, aber der nötige Mut fehlte ihm dann letztendlich. Gertrude werde ihm bestimmt seine Alkoholexzesse an den Kopf werfen, war seine Befürchtung. ‚Morgen, morgen Abend auf der Heimfahrt nach Tarutino werde ich mit meiner Schwester und meinem Schwager reden. Ich werde morgen keinen Schnaps einpacken.' Münchs Gesicht hellte sich plötzlich schelmisch auf. ‚Grigori wird den ganzen Tag Wasser aus dem Tonkrug trinken müssen... Es ist nie zu spät ... Es ist nie zu spät, auch für mich nicht, und vielleicht …' Seine Gedanken wandten sich blitzartig der Witwe des verunglückten Peter Hauer zu. ‚Maria ist immer so freundlich zu mir … und ein schönes Weib.'

- - -

Nur noch ein kleines Kreissegment von der Feuerkugel stand über der Erde, weit, unendlich weit im Westen. ‚Jetzt muss der Kirchturm von Tarutino aber bald auftauchen', strebten Lorenz Münchs Gedanken heimwärts, als er meinte, in dem Bruchstück der im Pruth versinkenden Sonnenkugel schwarze Punkte zu sehen. „Verfluchter Schnaps! Morgen ist Schluss!", rief er mit jubelnder Stimme und rieb sich die Augen. Er wollte zu einem noch ausgelasseneren Erleichterungsschrei ansetzen, als er bemerkte, dass die Punkte sich bewegten. „Reiter, das sind Reiter", sagte er stattdessen und nahm die Zügel fester in die Hand.

In gestrecktem Galopp näherte sich ihm eine Reiterschar. Etwa zwanzig Mann, schätzte Lorenz, kamen da aus Richtung Tarutino. Zum weiteren Nachsinnen, wer die Männer wohl sein könnten, blieb ihm keine Zeit, denn, noch in eine Staubwolke gehüllt, kreisten diese seinen Wagen ein. Ihre Pferde waren frisch. Das hat der erfahrene Bauer gleich erkannt. Und er merkte auch sofort, dass er keine Militärpatrouille vor sich hatte. Zu wild und verwegen sahen die Gestalten aus. Die meisten trugen Vollbart und waren ziemlich gut bewaffnet. Jeder hatte ein Gewehr und einen Säbel. Einige trugen auch Pistolen in ihren breiten Gürteln.

„Spann deine Rappen aus, Bauer. Du bist auch zu Fuß bald in der Stadt. Lass uns die Pferde", rief der Hordenführer.

Lorenz verstand ihn, obwohl es nicht das Russisch war, das man in Tarutino sprach.

„Ich brauche meine Pferde", entgegnete er ebenfalls auf Russisch und griff zur Peitsche. Er sah dem Anführer direkt ins finstere Antlitz. Der viele Schnaps, den er tagsüber getrunken hatte, machte ihn verwegen. Seine Stimme klang rau und entschlossen: „Niemand wird sich an meinen Rappen vergreifen."

In diesem Augenblick drängte sich ein Reiter auf einem wohlgenährten, sehr gepflegten Schimmel vor. Seine Stimme zitterte merklich, als er sich an den Mann auf dem Wagen wandte.

„Lorenz, gib uns die Pferde."

„Grigori, was suchst du hier?"

„Das sind Kosaken. Ich reite mit ihnen gegen die Bolschewiken."

„Hier in der Gegend gibt es keine Kosaken." Lorenz hatte auch den letzten Rest Vernunft eingebüßt. „Das sind Banditen", schrie er mit sich überschlagender Stimme. „Siehst du nicht, wie die aussehen? Du hast Haus und Hof und Gertrude mit den Kindern im Stich gelassen. Die Kosaken sind weit über dem Dnepr, nicht hier."

„Lorenz", mahnte Grigori mit verzweifelter Stimme, auf

den Anführer zeigend, „das ist ein gefürchteter Ataman. Sei vernünftig und spann aus. Wenn ich zurückkomme, werde ich dir alles erklären."

Dieser auf Deutsch geführte, sehr erregte Wortwechsel hat den Anführer der Kosaken um die letzte Geduld gebracht. Das Zuhören war anscheinend nicht seine Stärke, und schon gar nicht diesem Geplänkel in einer ihm fremden Sprache.

„Spannt die Pferde aus!", befahl er.

„Wagt es nicht!", schrie Lorenz Münch. Er sprang auf und schwang die Peitsche.

Im nächsten Augenblick peitschte ein Schuss durch die sich zu Ruhe begebende Steppe. Lorenz riss die Arme hoch. Er spürte die sengende Hitze in seiner linken Brustseite.

„Nein!", hörte er noch Grigoris Aufschrei in einem Kugelhagel untergehen.

3

Der Friedhof von Tarutino ist in den Kriegsjahren schnell gewachsen. Er hat sich sein Land von der Steppe genommen. Der Tod, der so viel Steppenerde benötigte, hat in allen Himmelsrichtungen gewütet. Lorenz Münch lag neben seiner Frau Leontine und Grigori Platonowitsch ruhte allein in seinem Grab.

Die zwei Mädchen standen vor dem blumenbedeckten Hügel. Hulda wirkte schon weiblich. Ihre Brüste hoben und senkten sich im schweren Takt ihres bedrückten Gemüts. Tränen glänzten wie kleine Tautropfen auf ihren vom Frühlingswind geröteten Wangen. Es war Sonntag und Hulda hatte ihren dunkelblauen Trägerrock mit dem schwarzen Samtband und eine schneeweiße Bluse angezogen, die weiße Schürze umgebunden und das mit Blumenmotiven bestickte Halstuch über die Schultern gehängt. Ihr langes, weiches Haar war zu einem Dutt gewunden. Sie hatte sich so hergerichtet, wie Mutter sie bestimmt gerne beim Tanz gesehen hätte.

„Weine nicht, Hulda. Tante Gertrude weiß, was für uns

besser ist und Herr Widmer hat versichert, dass dieser Dr. Kräuter* ein guter Mann sei ... Und wir bleiben ja nicht für immer fort. Vielleicht geht die Krise in der Tuchfabrik bald vorbei. Dann kommen wir wieder nach Hause."

„Worte, Ruhtraud, Worte. Du hast Herrn Widmer erzählen gehört und glaubst alles. Der Mann ist ein Abgeordneter. Wir fahren nicht so wie er für ein paar Tage zu einigen Sitzungen ins Parlament nach Bukarest oder weiß ich wohin. Wir fahren ins Banat, um zu arbeiten, und das nicht für einige Tage oder Wochen, sondern für Jahre, vielleicht für immer."

Ein tiefer Seufzer begleitete diese Worte. Dann ergriff Hulda die Hand ihrer Schwester und drängte zum Aufbruch: „Komm, wir gehen noch zu Onkel Grigori."

Wortlos durchschritten sie die Gräberreihen. Außer ihnen war niemand auf dem Gottesacker. Windstöße brachten aus Melodien gerissene Blasmusiktöne zu den Toten. Die Stadtjugend war zu ihrem ersten Sonntagnachmittagstanz im Freien zusammengekommen.

Tante Gertrude hatte am Morgen nach dem Gottesdienst auf die zwei Mädchen eingeredet, doch noch vor Mittag auf den Friedhof und dann am Nachmittag zum Tanz zu gehen. Davon aber wollten beide nichts wissen. Die zwei Gräber waren ihnen wichtiger als ein letztes Zusammensein mit befreundeten Altersgenossen.

Über zwei Stunden verweilten Hulda und Ruhtraud in der Stille der Gräber. Auf jedem der zwei Grabstätten brannten zwei Kerzen, als die Schwestern den Friedhof verließen. Am Tor drehten beide sich ohne Absprache noch einmal um und verharrten lange schweigend.

Wortlos gingen sie auch heimwärts, doch nicht den kürzesten Weg, sondern einen weiten Umweg über die Steppe. Ihre Schritte ließen die für ihr Alter übliche Jugendfrische nicht erkennen. In einer bitteren Kindheit waren beide früh gereift. Zu viel Trostlosigkeit hatte sie sehr früh ihrer kindlichen Unbekümmertheit beraubt. So waren diese Mädchen zu stillen, wortkargen Geschöpfen herangewachsen und so gingen sie auch jetzt nebeneinander her, jedes mit seinen eigenen Gedanken und Gefühlen beschäftigt.

- - -

Hulda dachte an jenen Sommertag des Jahres 1918, als ihr Vater abends nicht nach Hause gekommen war. Das war eigentlich nichts Außergewöhnliches gewesen, denn seit er mit dem Trinken begonnen hatte, blieb er oft nachts außer Haus. Sie war es gewöhnt, in Sorgen gebettet einzuschlafen und aufzuschrecken, wenn Windböen auf ihrem Flug zum Meer an den Fensterläden rüttelten. Dann hatte sie sich stets gefürchtet und sich nach ihrer Mutter gesehnt, bis die schweren Augenlider sie für wenige Stunden von der bösen Wirklichkeit befreit hatten.

Am nächsten Morgen lag der Vater dann immer in seinem Bett in der Guten Stube mit dem Bettwäscheschrank, dem Schubladenkasten, auf dem ein Kruzifix stand, und einer Bank. In diesem Raum befand sich nie ein Ofen und ihre Mutter hat nur tot darin gelegen. Bis zu Ruhtrauds Geburt haben alle vier, die Eltern, Emilie und sie, in der Kammer, die zwischen Stube und Küche lag, geschlafen.

Dann war jener Morgen gekommen, an dem ihr Vater nicht, schwer atmend und nach Alkohol und Nikotin riechend, in der Stube lag. Sie war zum Wirt gelaufen und hatte ihn im ganzen Dorf gesucht, beim Wagner und in der Schmiede. Neben der Angst um den Vater hatte ihr auch ihr kindliches Gewissen zugesetzt. Es hätte ihr doch auffallen müssen, dass er nicht vom Feld gekommen war. Sie hätte sich nicht schlafen legen dürfen.

Als sie dann in ihrer Verzweiflung zu Tante Gertrude gelaufen war, hatte sie diese in Tränen aufgelöst vorgefunden. Onkel Grigori hätte sich einer Gruppe Kosaken angeschlossen und sei an den Don geritten, erzählte die Tante, sich mit der Schürze die Augen trocknend. Er wäre mit diesen vom Feld in die Stadt gekommen, hätte mit ihnen über Mittag beim Juden im Wirtshaus gezecht und sei dann mit ihnen weggeritten. Alles Einreden und Flehen ihrerseits hätte nichts genutzt. Jetzt sei ihr Mann im Bürgerkrieg.

Bald danach konnte man von der Straße großen Menschenlärm hören. Sie war mit Tante Gertrude aus dem Haus geeilt. Bauern hatten ihren Vater und ihren Onkel auf einem Wagen nach Hause gebracht. Beide Leichen waren von Kugeln durchsiebt.

Nach dem Begräbnis war auch sie zu Tante Gertrude gezogen und Sergej war gegangen. Er hatte sich den Bolschewiken angeschlossen und ist am Don gefallen.

„Ruhtraud, du darfst im Banat niemand erzählen, dass dein Onkel ein Kosake war und dass dein Vetter auf Seiten der Bolschewiken gekämpft hat. Hörst du?", beschwor Hulda ihre Schwester.

„Wem soll ich das erzählen? Dort sind doch lauter fremde Menschen." Die Zuversicht, die Ruhtraud auf dem Friedhof noch ausgestrahlt hatte, war längst von ihr gewichen. Das Mädchen verspürte jetzt Angst vor der ungewissen Zukunft.

Das bescheidene Häuschen mit dem kleinen Garten war ihr Universum und Tante Gertrude, diese tapfere Frau, war ihr stets eine gute Mutter. Ihre leibliche Mutter kannte sie nur von einem vergilbten Foto. Es zeigte eine Frau mit gutmütigem Gesichtsausdruck an der Seite ihres Vaters, den sie noch gut in Erinnerung hatte. Eine besondere Bindung hat sie zu diesen Menschen aber nie verspürt. Da empfand sie für Onkel Grigori und besonders für Tante Gertrude schon wesentlich mehr Zuneigung. Und gerade Onkel Grigori sollte sie vergessen, hat Hulda von ihr verlangt.

Was soll aus Tante Gertrude werden, wenn sie jetzt mit Vetter Sascha allein bleibt? Sascha ist nicht so gut, wie Onkel Grigori war. Er ist grob und flegelhaft und arbeitet nicht so gerne auf dem Feld. Die ganze Last wird auf Tantes Schultern liegen. Sie, die Mädchen, haben zwar immer geholfen, aber die Ernten blieben trotzdem karg und die Winter warteten immer mit mehr Bescheidenheit als mit Schnee auf.

Emilie hat angeblich den Großteil des Geldes vom Verkauf des Münch-Vermögens in Odessa verbraucht. Seit einem Jahr hat sie nicht mehr geschrieben. Tante Gertrude hat gesagt, sie wäre mit einem Offizier nach Moskau gegangen,

„mit einem Roten", wie sie sich verächtlich ausdrückte.
Oft beklagte die Tante auch das Schicksal ihrer Mannsleute. „Grigori war bei den Weißen, aber Sergej...", seufzte sie dann, und sie, Ruhtraud, hat mitgelitten und ihre Stängelpuppe ganz fest ans Herz gedrückt.

Das ist alles noch gar nicht so lange her, und jetzt soll sie mit Hulda in die Welt ziehen, irgendwohin, zu fremden Menschen arbeiten, damit sie leben können. Das noch vorhandene Geld soll für die Fahrt ausreichen, hat sie am Vorabend aus einem Gespräch zwischen Tante Gertrude und Hulda erfahren. Die Tante hat zwei Koffer in der Tischlerei anfertigen lassen. In die soll ihre Wäsche und das Essen für vier Tage eingepackt werden. So weit fort von zu Hause und wer weiß wie lange. Die Puppe, die Emilie bei ihrem letzten Besuch aus Odessa ihr mitgebracht hat, werde sie aber auf jeden Fall mitnehmen.

- - -

Die Sonne war schon untergegangen, als die zwei Mädchen in den Hof traten. Ihre Tante knetete Wäsche in einer hölzernen Waschschüssel, und das an einem Sonntagabend. Als sie die beiden hörte, richtete sie sich auf und die Münch-Schwestern sahen in zwei vom Weinen gerötete Augen.

Wortlos gingen alle drei in die Küche. Sascha war beim Tanz. Weder Tante Gertrude noch die Mädchen dachten an ein letztes gemeinsames Abendmahl. Sie saßen lange an dem ungedeckten Tisch, wortlos. Nur eine zusammengefaltete Zeitung der vergangenen Woche lag vor ihnen. Sascha hatte sie beigebracht.

In der langsam, aber unaufhaltsam hereinbrechenden Dunkelheit konnte die fett gedruckte Überschrift und das Datum nur noch als eine schwarze Zeichenkette wahrgenommen werden. Die *DEUTSCHE ZEITUNG FÜR BESSARABIEN – TARUTINO* vom 25. April 1925 war schon nach wenigen Minuten mit der stillen Dunkelheit verschmolzen.

- - - -

II

Holunderzeit

1

Das Winkelhaus mit den sechs Fenstern und der massiven Tür, zu der drei Stufen führten, hob sich deutlich aus der Reihe der langgezogenen Giebelhäuser ab. Die Schrift über der Tür gab in einfachen Lettern auf einem verwitterten Holzschild Auskunft: APOTHEKE JOSEPH TALLER. Das Fenster links der Tür ließ das Tageslicht in den Verkaufsraum fallen, während durch das Fenster rechts des Apothekeneingangs der Lagerraum für die unzähligen Medikamentenpackungen, aber auch für den großen Tisch, auf dem mit Reagenzgläschen bestückte Holzständer und Mörser verschiedener Größen standen, tagsüber erhellt wurde. Die anderen zwei Fenster an der rechten Gassenfront gehörten zu einem geräumigen Wohnzimmer, das noch ein drittes Fenster zur Hofeinfahrt hatte. Die zwei verbliebenen Fenster an der linken Hausseite waren meist mit schweren Gardinen verdunkelt, weil Frau Apothekerin sich mit ihrem zermürbenden Migräneleiden oft auch tagsüber in ihr Schlafzimmer zurückzog.

In rechtem Winkel zu dieser Raumanordnung schlossen sich hinter dem Schlafgemach noch ein kleines Zimmer für die Apothekerstochter, die Küche, ein Dienstmädchenzimmer und eine tiefer gelegte Weinkammer an. Alle diese Räumlichkeiten waren dank einer Veranda gegen Wetterunbilden geschützt. In den breiten Glasgang gelangte man über je eine Treppe in der Hofeinfahrt und von der Tenne her sowie durch zwei weitere Türen, die sich nahtlos in die Verandaverglasung einreihten und vis-a-vis der Trennwände zwischen Lagerraum und Wohnzimmer und zwischen Küche und Dienstmädchenzimmer lagen.

Das stattliche Haus war kurz vor dem Krieg von Baron Béla Sándor errichtet worden. Als der Gutsbesitzer aber

1921 seine Ländereien verlor, hat er dieses und zwei weitere Häuser im Dorf verkauft und ist in Richtung Budapest abgereist. Seither waren sieben Jahre ins Land gegangen und man hatte die ungarische Vorherrschaft auf den Gemarkungen der mehrheitlich deutsch bevölkerten Dörfer des Banats längst dem allmählichen Vergessen anheimgegeben.

Der neue Eigentümer des Anwesens, besagter Apotheker Taller, war, obwohl von den bäuerlichen Dorfbewohnern als guter Salbenmischer geachtet, eher eine zwielichtige Gestalt. Das hing wesentlich damit zusammen, dass die Vergangenheit der Familie verschleiert blieb, akzeptierte das Dorf in der Banater Hecke doch nur äußerst schwer offene Geheimnisse, geschweige denn gut getarnte Familienverhältnisse. Wo jeder jeden kannte, unterlagen Familien- und Besitzangelegenheiten von jeher einer großzügigen Entblößung.

War das mal nicht der Fall, begann es in der Gerüchteküche zu brodeln. Direkt aus Wien soll der Taller-Apotheker mit seiner kränkelnden Frau und der hinkenden, jetzt schon dreiundzwanzigjährigen Tochter nach dem Anschluss des Banats an Rumänien gekommen sein. Hinter vorgehaltener Hand hieß es auch, er hätte in den Wirrnissen der Revolution eine unrühmliche Rolle gespielt. Es viel oft das Wort „Sozialist", wenn die Männer mit gedämpften Stimmen von Taller erzählten.

Schlimmer war aber, dass aus dem Wohnzimmer des Taller-Hauses an Wochenenden oft einzelne Lichtstrahlen einer Petroluxlampe noch spät nach Mitternacht durch undichte Spaltklappen der zugezogenen Flügeljalousien in die Dorfgasse entwischten.

„Beim Taller hun die Herrische heit Naacht wedder Onunzwanzich gspillt", erzählten dann sonntags nach dem Hochamt die Frauen aus dem Oberdorf ihren Bekannten aus dem Unterdorf.

2

Die Finsternis hatte Jarmath verschlungen. Selbst die Konturen der Häuser und Bäume waren nicht zu erkennen. Es war in dieser Novembernacht so stockdunkel, dass man seine eigene Hand nicht vor den Augen sehen konnte. Absolut wie die Dunkelheit war auch die Ruhe über dem Dorf. Wäre in jener Nacht jemand durch die an vielen Stellen morastigen Gassen gegangen, hätte er den in Scheibchen zerschnittenen Lichtstrahl bemerkt, der durch die Jalousiespalten aus dem Wohnzimmer des Apothekers Taller in die trostlos feuchte Dunkelheit floh.

Die vier Männer am Kartentisch waren in einem Alter, in dem man den von nervenzerreißender Beständigkeit strotzenden Nieselregen, der seit Tagen aus bleischweren Wolken fiel, noch nicht in den Knochen spürte, sich aber trotzdem schon zu der Generation rechnete, die im gesellschaftlichen und wirtschaftlichen Alltag mit der eigenen Lebenserfahrung auftrumpfen konnte. Dorfrichter Mathias Sterz war seit drei Jahren im Amt und der einzige Sozialdemokrat weit und breit, der dieses Amt begleitete. Der Bauer Jakob Brunmayer hatte noch immer hundert Joch* Feld und in den Ställen Kühe und Pferde. Nach der Agrarreform war er der größte Grundbesitzer im Dorf geblieben. Dass auch er damals ein paar Joch abgeben musste, bedrückte ihn schon lange nicht mehr. Als dritter Gast des Apothekers saß Lehrer Dominic Almen am Tisch.

Die Nacht strebte dem nächsten Tag zu und die Luft in dem mit pompösen Mahagonimöbeln ausgestatteten Zimmer war mit Zigarrenrauch geschwängert. Das Spiel verlief eher flau. Die Bank war nie so richtig gefüllt und der Spielfluss wurde öfter von längeren Konversationen unterbrochen. Vielleicht lag es auch daran, dass der eine oder andere schon zu lebhaft dem dunkelroten Bourbon zugesprochen hatte. Woher der Apotheker diesen Wein stets besorgte, blieb sein Geheimnis. Seinen Mitspielern war das auch egal, wenn nur reichlich eingeschenkt wurde. Und der Apotheker war diesmal wahrlich nicht geizig, was man kurz nach Mitternacht der Runde auch deutlich anhörte.

Die Gespräche waren soeben von der allgemeinen politischen und wirtschaftlichen Lage in der Region und im Dorf bei ziemlich persönlichen Verhältnissen angelangt. Der Lehrer erzählte in mehr herabschätzender als anekdotischer Art von seinen Schülern, die zum Großteil aus armen Familien stammten, während der Dorfrichter prahlerisch von einer sich anbahnenden neuen Liebschaft mit einer Nachbarin des Rathauses schwärmte.

Diese Weinduseleien nahm keiner der Anwesenden, die sich im Alltag die größte Mühe gaben, als ehrsame Bürger aufzutreten, ernst. Es wurde viel und herzhaft gelacht. Hintergedanken schienen in den belanglosen Wortscharmützeln längst keine Rolle mehr zu spielen, war das Respekt bezeugende Sie doch längst einem mehr und mehr Hemmschwellen abbauenden Du gewichen.

„Aber alle deine Schüler werden doch nicht so blöd gewesen sein", sagte der Bauer lachend zu dem hageren Lehrer, der gerade ein Schulereignis zum Besten gegeben hatte.

„Natürlich gibt es auch Ausnahmen, aber die sind halt selten. Dein Mathias war einer von diesen Kerlen, denen man wenigstens das Lesen und Schreiben einigermaßen beibringen konnte", entgegnete der Almen-Lehrer.

Des Bauern Vollmondgesicht vollzog eine schnelle Wandlung von hell- zu dunkelrot und auf seiner glänzenden Glatze schienen kleine Äderchen platzen zu wollen. Er nahm mit geschwollener Brust und mit einem kräftigen Schluck dieses Lob entgegen, fest überzeugt, dass auch seine Vaterverdienste hiermit gewürdigt waren, und stellte klar: „Net umesunst macht mei Matz desjohr schun de zwatte Winterkurs in der Deitsch Ackerbauschul in Wojtek fertich." Sich zum wiederholten Male der Vornehmheit dieser Tischrunde bewusst werdend, fuhr er auf Hochdeutsch fort: „Das kostet mich auch viel Geld. Dafür habe ich aber bald einen echten Herrischen im Haus", und zu Richter Sterz gewandt fügte er herausfordernd hinzu, „der vielleicht sogar mal Dorfrichter wird. Dann ist es aus mit der Sozialdemokratie in einem deutschen Dorf. Der Volksbund* muss sich endlich auch bei uns durchsetzen."

Der Richter hatte einfach schon zu viel getrunken, um diese Provokation zu einem in dieser Nacht bereits ausgefochtenen politischen Streit noch einmal annehmen zu können. Seine Augen glänzten wie ein Spiegel und seine Zunge war bereits jeder rhetorischen Fähigkeit beraubt. Da der Lehrer der Meinung war, dass ein derartiges Gespräch mit einem Bauer seinem eigenen intellektuellen Niveau wohl kaum förderlich sein könne, mischte er sich nicht ein. So ging der Vorstoß des Pfeife rauchenden Landwirtes ins Leere.

Der Apotheker hatte mit gerunzelter Stirn zugehört. In seinem Unterbewusstsein schlummerte schon lange ein Plan. Er erahnte das Mitteilungsbedürfnis des geltungssüchtigen Bauern und wartete geduldig, bis auch der Lehrer sich allmählich dem Rande seiner Zurechnungsfähigkeit genähert hatte. Dann ging er schnell zum Glasschrank und entnahm ihm noch eine Flasche. Dieses Mal war es ein zehnjähriger Marienfelder. Er schenkte ein und wandte sich, seinen Gästen zuprostend, mit einem schmeichelhaften Unterton in der Stimme, an Jakob Brunmayer:

„Du bist schon ein Glückspilz, Jakob. Zudem, dass du der reichste Bauer im Dorf bist, hast du auch noch diesen gescheiten Jungen. Und wenn man bedenkt, dass der allein schon mit seinem Wissen eine rosige Zukunft hat, dann... ja dann fehlt nur noch eine Frau, die ihm auch geistig ebenbürtig ist."

„Das wird auch keine dieser Mägde sein! Das sage ich dir!", erwiderte der Bauer, sein Glas zum Mund führend. Sich mit dem rauen Handrücken die roten, vom Wein nassen Lippen abwischend, gab er seinem Ansinnen freien Lauf: „De Matz muss e Lehrerin heirate, odder e jungi Doktorin. Ja, wir müssen unseren Bauernstand auffrischen, veredeln. Verstehst du? Es muss herrisches Blut in unsere Adern ..., und deutsches ..., natürlich nur deutsches. Wenn ich denke, dass ich noch immer schneller ungarisch rechnen kann als deutsch ... Ist das nicht eine Schande? ... Awwer mei Matz werd e echter deitscher Bauer, so wie de Dr. Muth* un de Prälat* ne sich vorstelle ... Ja, was meinst du, das geht mit einer Magd oder mit einer Kleinhäuslerin? Dazu benötigt man eine geschulte Frau. Der Bauer soll auch Spaß haben, wenn er abends nach Hause kommt, eine Frau, die Klavier spielen kann, nicht wie meine Alte. Die kann nur melken, kochen, waschen und bügeln. Eine Hausmagd will sie gar keine. Nein ..., der Bauer der Zukunft muss ein anderer werden: ein Weltmann wie die Lehrer, Pfarrer, Ärzte ..."

„... und Apotheker", unterbrach ihn Joseph Taller, dessen Glas noch immer voll war, während er Jakob Brunmayer schon wieder einschenkte. „Jakob, meine Tochter studiert in Wien Medizin. Sie ist sehr begabt. Das weiß doch mittlerweile das ganze Dorf. Seit sie den neuen orthopädischen Schuh trägt, sieht man ihr gar nichts mehr an. Das Hinken ist weg. Und schau dir mal das Mädel an, was die Brüste hat, die sprüht die reinste Lebenslust aus."

Der Bauer hatte sein Glas schon wieder leer. Er schob es gegen die vor dem Apotheker stehende Flasche. Der zog diese aber zurück, beugte sich weit über den Tisch und schaute mit festem Blick direkt in die glasigen Augen seines nach noch mehr Alkohol lechzenden Gegenübers, weiter auf ihn einredend:

„Das wäre eine Frau für deinen Mathias, Brunmayer. Dann, erst dann wirst du der erste Mann im Dorf sein. Dein Feld und mein Geld! Verstehst du? Wenn die zusammenkommen ... So eine Mitgift kann kein Mädchen in diesem Dorf bekommen. Wenn du der Herr auf deinem Hof bist, dann kann dein Sohn der reichste Mann weit und breit werden. Du, Jakob Brunmayer, du musst wollen."

„Bei mir zu Hause schaffe ... schaffe ich an", lallte Jakob Brunmayer.

Sein schwerer Körper hatte sich vom Stuhl gelöst und war mit Hilfe seiner sich auf die Tischplatte stützenden Hände langsam in eine schwankende Stehstellung gelangt. „Ich habe dem Kerl die Schule bezahlt und der hat mir zu gehorchen. Eine Apo... Apotheker...s...tochter soll er heiraten. Das ... das ... Ich bringe es ihm schon bei."

Apotheker Joseph Taller reichte dem auf unsicheren Beinen stehenden Großbauer Jakob Brunmayer seine Rechte über den Tisch.

„Ein Mann, ein Wort!" Die Stimme des Apothekers klang fest und triumphierend.

„Ein deu... deut... deutsches Ehrenwort", formulierte des Bauern ungelenke Zunge.

Die zwei Zeugen dieses Handels saßen wortlos auf ihren schweren Rohrstühlen mit den über ihre Köpfe hinausragenden Rückenlehnen und zeigten keine Teilnahme. Die Petroluxlampe warf ihre Lichtpartikel unermüdlich in den jetzt stillen Raum. Ein leises Rasseln der Flügeljalousien deutete auf das Walten anderer, höherer Kräfte hin. Die aber tobten draußen, im Dunkel der leblosen Herbstnacht. Das Leben mit all seinen Lastern und Dämlichkeiten blieb im Licht, im künstlichen Licht.

3

Mathias Brunmayer stieg einen Tag vor Heilig Abend im Jarmather Bahnhof aus dem Zug. Das vertraute Gebäude und der Anblick des am Dorfeingang gelegenen Wirtshauses PANNERT, in dessen Bahn er schon als Zehnjähriger die Kegel aufsetzen durfte und in dessen Tanzsaal er vier Jahre später die ersten, noch etwas unbeholfenen Walzerschritte mit der Kilzer Leni, die er seit der ersten Klasse vergötterte, ohne dass die etwas gemerkt hatte, wagte, bescherten ihm ein Gefühl der Geborgenheit. Sein Schritt war fest. Das ganze Erscheinungsbild des hochaufgeschossenen Jünglings strahlte Zuversicht, doch keineswegs Übermut aus. Und wer seine Gesichtszüge genau betrachtete, konnte in ihnen sowohl Ernst als auch Freude erkennen.

„Der hot vum Brunmayer-Bauer awwer nicks an sich", sagte eine ältere Frau zu einer Bekannten.

Die wenigen Leute, die an diesem letzten Arbeitstag vor Weihnachten noch in der Stadt waren, hatten bis an das Gasthaus ZUM SCHARFEN ECK fast alle den gleichen Weg. Erst dort zerstreuten sie sich in die Lothringgasse,

Sicknischgasse oder geradeaus in die Altgasse.

Mathias Brunmayer hatte einen langen Fußmarsch vor sich. Das solide Bauernhaus seiner Eltern lag am nordöstlichen Dorfrand, am Ende der Karlsgasse. Es war auch ein langgezogenes Giebelhaus, doch höher und breiter als alle anderen in dieser Straße. Die Glasveranda und die geräumigen Stallungen, die, quer zum Haus verlaufend, Hof und Tenne trennten, machten dieses Anwesen, das Mathias' Großvater noch kurz vor dem Krieg gebaut hatte, zum schönsten des Dorfes. Es stand angeblich noch genau auf dem Hausplatz, der dem ersten Brunmayer im Dorf zu Maria Theresias Zeiten zugeteilt worden war.

Zwar war Mathias mit seinen achtzehn Lenzen noch in einem Alter, in dem solche familiengeschichtlichen Daten seine Gedanken kaum in Anspruch nahmen, aber der Geschichtsunterricht mit Lehrer Nikolaus Schmidt wirkte in ihm nach, obwohl er schon am frühen Morgen aus Wojtek abgereist war und die letzte Geschichtsstunde sogar schon zwei Tage zurücklag. Es war da viel von der Ansiedlungszeit, von Urbarmachung, madjarischem Nationalismus und vom neuen Bekenntnis zur deutschen Abstammung die Rede gewesen.

In dieser Stimmung war Mathias Brunmayer nach seiner Ankunft in Temeswar, so um die Mittagszeit, über den St. Georgsplatz spaziert und hatte sich auch in der DEUTSCHEN BUCHHANDLUNG umgesehen. Dabei glaubte er, für seinen Vater, der zwar nicht gerne las, aber umso lieber überall mitredete, das richtige Weihnachtsgeschenk gefunden zu haben, den *SCHWÄBISCHEN VOLKS-KALENDER 1929*.

Der junge Bauernsohn durchschritt soeben die Schulgasse, als er in Gedanken seinem Vater begegnete. Ganz bewusst verließ er schnell diese Sinnbilder, um sich Schönerem, wie er meinte, hinzugeben.

Der frisch gefallene Schnee knirschte unter den Sohlen und sein Weiß ließ es nicht dunkel werden, obwohl der frühe Winterabend das Tageslicht längst verdrängt hatte. Die breiten, schnurgeraden Dorfgassen waren menschenleer. Nur als er in die Hauptgasse gelangte, huschten zwei Halbwüchsige mit einem Schlitten vorbei. Wahrscheinlich hatten sie sich am Kirchenberg beim Rodeln verspätet.

Ein sanftes Lächeln glitt über Mathias' Gesichtszüge. Es war alles so vertraut hier, jeder Baum, jedes Haus, als wäre die Natur und alles von Menschenhand in sie Hineingestellte Teil seines eigenen Wesens.

In diesem Gefühl des Daheimseins eilten die Gedanken seinen Schritten voraus. Es war das Bild der Mutter, das sein Herz noch schneller schlagen ließ. Sie war ein seelguter Mensch, und sie liebte ihn, ihr einziges Kind, abgöttisch. Mathias zog es noch unwiderstehlich zu seiner Mutter hin, als viele seiner Altersgenossen schon flügge waren und Mutterliebe als Verweichlichung in nächtlichen Kartenpartien oder in Spinnstuben* verhöhnten.

Er durfte als kleiner Junge ihren schlanken Körper mit den wohlgeformten Busen bewundern und berühren. Wenn sie beide tagsüber allein zu Hause waren, entblößte sie ihren Oberkörper ohne Scheu vor ihm und wusch sich in der Sommerküche. Mathias gestand sich ohne Scham ein, dass er dieses ovale Gesicht mit der fein geschwungenen Nase, den schmalen Lippen, die leider viel zu selten, aber dann um so herzhafter lachen konnten, den hellblauen Augen und der hellen, reinen Haut innig liebte. Ihre langen, über die Schultern herabfließenden kupferbraunen Haare krönten dieses Bild vollkommener Weiblichkeit.

Ein leiser Zug von Bitterkeit stieg in dem Jüngling stets auf, wenn er dachte, dass dieses holde Geschöpf ein Leben lang unter langen, dunkel gefärbten Röcken und, an Sonn- und Feiertagen, gestärkten Kopftüchern verborgen blieb. Sein Vater hatte es bislang nicht zugelassen, dass sie sich herrisch, wie die Frauen in der Stadt, kleidete; dass er sich andererseits aber selbst gerne arrogant von den meisten der übrigen Dorfbewohner, den Taglöhnern, wie er mit unverhohlener Herabschätzung oft sagte, abhob, übersah er geflissentlich.

Mathias spürte, dass er wieder nahe dran war, sich die anfangs freudige Weihnachtsstimmung zu verderben und war darum froh, als er den Oberen Friedhof erreicht hatte. Ab hier lag die Karlsgasse wie ein ausgestreckter Daumen in der sanft hügeligen Heckenlandschaft.

- - -

Sternenhell und frostig wurde der Abend und Mathias Brunmayer spürte die wohltuende, innere Wärme, in deren Schutz seine Herzschläge immer schneller wurden, je mehr er sich dem Elternhaus näherte. Obwohl er den mit Büchern und Wäsche vollgestopften Lederkoffer schon seit dem frühen Morgen mit sich herumschleppte, spürte er sein Gewicht kaum noch, als er den Hof betrat und sein treuer Schäferhund ihn mit einem freudigen Jaulen begrüßte.

Bertha Brunmayer war sofort in der Verandatür erschienen. Sie umarmte ihren Jungen wortlos und Mathias fühlte, dass seine Mutter in diesem Augenblick keines Wortes fähig war. Freut sie sich so über mein Kommen oder hat sie vielleicht Kummer? Der Zeitpunkt war aber nicht günstig, um sich darüber weiter Gedanken zu machen oder gar danach zu fragen, denn die Wohnzimmertür stand offen und der Sohn wurde schon erwartet.

Jakob Brunmayer saß an dem massiven, in der Mitte stehenden Tisch und stützte seinen Kopf in die linke Hand. Das Petroleumlicht konnte in dem mit dunklen Möbeln ausgestatteten Zimmer keine helle, freundliche Atmosphäre verbreiten.

„Guten Abend, Vater", grüßte Mathias, dem Mann am Tisch die Hand reichend.

Jakob Brunmayer erhob sich nicht, ja, rückte nicht einmal seinen haarlosen Schädel gerade. Seine fleischige Bauernhand ergriff die Rechte seines Sohnes und drückte sie kurz. Es war klar, wer in diesem Haus das Sagen hatte. Widerspruch kannte man nicht zwischen diesen Wänden. Das wusste ganz Jarmath und so sollte es natürlich bleiben, auch wenn der Erbe eine höhere Schulbildung genoss.

„Guten Abend, Mathias. Heute warst du lange unterwegs,

nehme ich an. Deine Mutter hat dir schon ein kräftiges Nachtmahl zubereitet. Wir werden hier essen."

Mathias war überrascht. Sie aßen doch immer in der Küche. Diese schloss die Reihe der zum Wohnen benutzten Räumlichkeiten ab. Nur wenn Vater Besucher empfing, und das war sehr selten, wurde hier dieses Zimmer – eine Art kombiniertes Wohn- und Schlafzimmer, in dem aber nie jemand schlief – benutzt. Es war viel größer als die anderen Zimmer, erstreckte es sich doch über die ganze Breite des Hauses, also inklusive des Glasganges. Demzufolge hatte dieses Zimmer, die Stubb, an der Straßenseite drei Fenster, zum Unterschied der anderen Häuser in der Karlsgasse, die nur zwei Fenster an der Guten Stube und einen offenen Gang hatten. Als wirkliches Wohnzimmer diente sonst immer die Kammer. Zwischen dieser und der Stube, in welcher die Brunmayers an diesem Abend zum ersten Mal speisten, lagen zwei Schlafzimmer.

Bertha hatte für ihren Sohn ein Sonntagsessen mit einer kräftigen Hühnersuppe, Hähnchenfleisch mit gekochten Kartoffeln und Krien* zubereitet. Nachdem Mathias seinen Koffer abgestellt, den Mantel abgelegt, die schweren Bakantsch* mit gestrickten Hausschuhen gewechselt und seine Hände im Küchenlavoir gewaschen hatte, nahm er zur linken Seite seines Vaters am Tisch Platz. Bertha brachte die dampfende Suppenschüssel und Mathias betrachtete dabei die Hände seiner Mutter. Er glaubte, ein leichtes Zittern in ihnen bemerkt zu haben. Die Mutter setzte sich ihrem Sohn gegenüber, also zur Rechten des Vaters, der es nicht mochte, an seinem Tisch ein Gegenüber zu haben. Das duldete er nur, wenn herrischer Besuch da war.

So begann auch dieses Abendmahl im Hause Brunmayer in gewohnter Ordnung. Mathias überbrachte seinem Vater die Grüße des Direktors der Deutschen Ackerbauschule in Wojtek mit den üblichen Weihnachts- und Neujahrswünschen für die ganze Familie, was diesen gleich zu einer so langen Ausführung über seine Bekanntschaft mit Herrn Diplomlandwirt Karl Kinzy veranlasste, dass seine mit der Gabel zu Brei zerdrückten Kartoffeln und der Hähnchenschlegel kalt wie der Krien wurden. Dabei wusste Mathias ganz genau, dass sein Vater mit dem Schuldirektor nur einmal flüchtig vor einem Jahr bei der Einschreibung gesprochen hatte.

Bertha Brunmayer verhielt sich sehr schweigsam, was Mathias dazu veranlasste, seine Mutter mehrmals verstohlen zu betrachten. Ein unterdrückter Kummer schien in ihren Gesichtszügen zu liegen.

„Schau, Mutter, das Christkind hat mir schon heute für dich etwas mitgegeben. Ich bin ihm am Mittag in der Stadt begegnet."

Mathias öffnete seinen Koffer und entnahm ihm ein Paar feine Seidenstrümpfe. Als er sie seiner Mutter reichte, bemerkte er den Glücksstrahl, der in die sich heftig bewegende Brust fuhr, erkannte aber gleichzeitig auch die Kraft, mit der sie diesen Gefühlsausdruck unterdrückte, wie sie es seit Jahren in Anwesenheit ihres gestrengen Gatten, ihres Herrn und Gebieters, gewohnt war.

Umso überraschter waren daher Mutter und Sohn, als Jakob Brunmayer dieses Weihnachtsgeschenk nicht als unmoralisch oder im besten Fall als eine gerade noch verzeihbare Jugendsünde abqualifizierte, sondern – anscheinend in guter Laune – kommentierte:

„Nicht schlecht, Mathias. Eine neue Zeit ist im Anbruch. Man sieht, die Jugend strebt vorwärts und wir sollten ihr wenigstens in der Mode ein bisschen folgen. Vielleicht macht unsere Mutter sich auch mal herrisch. Dann kommen ihr diese Strümpfe gut. Mit sechsunddreißig Jahren ist man dazu bestimmt noch nicht zu alt."

Der Jüngling war plötzlich hellwach. Die Müdigkeit, die sich während dem Essen eingeschlichen hatte, war wie weggeblasen. Er war begeistert. Diesen Sinneswandel hätte er seinem ultrakonservativen Vater nie zugetraut.

„Ja, Mutter, das wäre doch was, wenn du diese Röcke endlich mit Kleidern tauschen könntest und wenn du ohne Kopftuch gehen würdest. Übrigens, Vater, ich habe Euch den neuen Volkskalender gekauft. Im Zug habe ich ihn durchgeblättert."

Mathias hatte den Kalender freudig erregt aus dem Koffer genommen und wollte ihn seinem Vater geben, als er plötzlich innehielt und das Jahresheft auf einer der letzten Seiten aufschlug. Mit glänzenden Augen sah er seine Mutter, die diesem Begeisterungsschwall ihres Jungen anscheinend nicht so richtig folgen konnte, an und las ihr vor: „Achtung – Benötigen Sie eine schöne Ondulation, Dauerwelle, Wasserwellen, Hühneraugenschneiden, Schönheitspflege, Hygienische Herrenbedienung, Manikür – besuchen Sie J. Waltrich – Damen- und Herrenfriseursalon – Temeswar, Fabrik, Piata Traian 1 (Hauptplatz)."

„Vater, Ihr könntet doch mit Mutter in die Stadt fahren und..."

„Nur langsam, junger Mann", unterbrach Jakob Brunmayer seinen Sohn, „du solltest dich lieber um ein Mädchen kümmern, als deine Mutter von heute auf morgen einer Verjüngungskur zu unterziehen. Aber, kommt Zeit, kommt Rat, und wenn ich mal eine Schwiegertochter im Haus habe, dann kann deine Mutter sich der ruhig ein wenig anpassen."

Mathias wunderte sich, dass seine Mutter keine Anteilnahme an diesem heiteren, belanglosen Gespräch zeigte. Ihre Miene drückte eine sorgenträchtige Schwermut aus.

„Ja, Mutter", versuchte er, sie für das Gespräch zu gewinnen, „irgendwann wirst du zusammen mit deiner Schwiegertochter die schwäbischen Röcke ablegen und herrische Kleider tragen. Das kann sich zwar noch etwas hinziehen, aber..."

„Allzu lange brauchst du nicht warten", mischte sein Vater sich ein. „Ich war neunzehn und deine Mutter achtzehn Jahre alt, als wir geheiratet haben. Am besten wäre, du würdest dir gleich eine Herrische suchen, eine Frau mit höherer Bildung."

Mathias war jetzt in prächtiger Laune. Er lachte herzhaft und erwiderte:

„Aber, Vater, schaut mal ins Dorf. Da ist doch eine hübscher als die andere. Was glaubt Ihr, wie schön diese Mädchen aus unseren Bauernfamilien in modischen Kleidern sein werden. Dazu benötigen die doch keine besondere Schulbildung."

„Du wirst der Erbe des größten Bauernhofes sein und sollst, wenn du die Schule beendet hast, auch politische Verantwortung in unserem Dorf übernehmen", sagte darauf Jakob Brunmayer und Mathias merkte, dass dieses Gespräch in ernstere Bahnen zu münden begann, als sein Vater fortfuhr: „Such dir eine Frau, die dir an Bildung ebenbürtig ist und mit der du dich auch in besserer Gesellschaft sehen lassen kannst... Ich bin der Meinung, du solltest jetzt schon in den Schwäbischen Landwirtschaftsverein eintreten... Bei uns in Jarmath geht sowieso nicht alles mit rechten Dingen zu. Es kann doch nicht sein, dass wir einen Bürgermeister haben, der nicht Mitglied in der Schwäbischen Volksgemeinschaft ist. Und wo findest du heute noch ein deutsches Dorf im Banat, das, so wie wir, ohne Ortsgruppe des Banater Deutschen Kulturvereins vor sich hindämmert. Es muss sich viel ändern in diesem Dorf, auch wenn das meinem Freund Sterz nicht passt, und du, Mathias, wirst der richtige Mann dafür sein... Um diesen Aufgaben gerecht zu werden, musst du eine gescheite Frau an deiner Seite haben, eine Herrische, die schon etwas von der Welt gesehen hat."

„Das ist jetzt alles ein bisschen viel auf einmal, Vater. Zuerst muss ich meinen Schulabschluss hinter mich bringen und dann können wir ja weiter planen."

„Jakob", meldete sich endlich Bertha Brunmayer zu Wort, „ich denke auch, wir sollten so ernste Dinge nicht heute Abend vertiefen. Mathias ist bestimmt müde. Er war doch den ganzen Tag unterwegs."

„Na hör mal, ein so junger Mann wird wohl noch eine ernste Debatte bis zum Schluss durchstehen können... Aber gut, sei's drum, wir können auch über andere Probleme reden... Am zweiten Weihnachtstag sind wir beim Apotheker Taller eingeladen und wir werden am Nachmittag alle drei dieser Einladung folgen."

Der Klang dieser Worte duldete keinen Widerspruch und das Gespräch wandte sich alltäglichen Dingen zu, während die Mutter den Tisch abräumte. Mathias tat seine Absicht kund, am Heiligen Abend die Großeltern, Tanten, den Onkel sowie seine Vettern und Basen zu besuchen, bevor er zur Mitternachtsmesse gehen werde.

- - -

Als Mathias dann im Bett lag, war sein Herz weniger von der Vorfreude auf den nächsten Tag und die wahrscheinlichen Begegnungen mit Freunden und Verwandten voll, sondern eher beklemmt von der bedrückten Stimmung seiner Mutter. Aber er schlief mit der Gewissheit ein, dass er am nächsten Tag in einem jener vertraulichen Mutter-Sohn-Gespräche, von denen der herrschsüchtige Vater nichts wissen durfte, alles erfahren werde, was sie bedrückte.

So war es dann auch. Als Bertha und Mathias sich am nächsten Morgen allein in der Küche aufhielten, eröffnete sie ihm, während sie das Mittagessen zubereitete, dass sein Vater ihn mit der Tochter des Apothekers verheiraten wolle.

Mathias nahm diese Mitteilung zwar ernst, aber sein jugendlicher Optimismus ließ ihn in diesem Wunsch des Vaters noch keine Katastrophe sehen. Er kannte das Fräulein kaum. Die Apothekerstochter hatte weder die Dorfschule besucht noch später irgendeinen der vielen Herbst- und Winterbälle.

Bertha konnte ihre diesbezüglichen Sorgen aber nicht verbergen. Es war ihr nicht entgangen, dass des Apothekers Tochter leicht hinkte und anscheinend auch etwas älter als ihr Mathias war.

4

Auch dieser Erste Weihnachtstag war schon bald Vergangenheit. Frau Holle hatte wieder den ganzen Tag über großen Gefallen daran gehabt, die Landschaft mit einem freundlichen Schneeweiß zu bedecken. Die Menschen waren am Morgen in die Frühmesse und ins Hochamt geströmt und auch am Nachmittag strotzte das Dorf von Leben. Besonders jüngere Eheleute waren unterwegs zu ihren Patenkindern, um das Godesach* nach althergebrachter Sitte zu überbringen. Die Frauen trugen meist ein Körbchen im Arm, das Puppen-, Pferdchen- und Herzchenlebzelten, Nüsse, Äpfel und bei den wohlhabenderen Paten auch schon mal Orangen und Feigen barg.

Eine Welt des Friedens, hätte ein Außenstehender auf den ersten Blick wohl ausgerufen. Wie gut, dass die Seelen in den Herzen und diese hermetisch in den Leibern eingeschlossen waren. Viele dieser Menschenkinder in den keuschen Winterstraßen Jarmaths waren von der Freude verkündenden Botschaft des Weihnachtsfestes so ergriffen, dass ihre Alltagssorgen tatsächlich für einige Stunden von den erlebten Vorfreuden der eigenen Kinder und den erhofften Freuden ihrer Patenkinder verdrängt werden konnten.

Nicht jedes Jahr schenkt Gott einen Ersten Weihnachtstag, an dem Kirchenglockenklang mit glückseligem Kinderlachen in einer unbegreiflichen, von jedem irdischen Empfinden losgelösten, nur auf das Gemüt wirkenden, melodielosen und trotzdem chaosfreien Harmonie verschmelzen, einer Musik der Liebe und Freude, aber auch des tiefsten aller Schmerzen, der Einsamkeit.

- - -

Die Schneedecke und die lautlos rieselnden Flocken warfen einen schwachen, aber für ans Dunkel gewöhnte Augen ausreichenden Lichtschimmer ins Dienstmädchenzimmer der Taller-Apotheke, um die Konturen der Möbel noch zu erkennen.

Ruhtraud Münch stand am Fenster. Ihre Seele war im Schnee erstarrt. Das Gässchen, Kochsgass' genannt, war um diese frühe Abendstunde menschenleer.

Nichts lenkte Ruhtrauds Blicke ab von der fast einen halben Meter hohen Schneedecke, keine Spur, keine Bewegung. Ihre Augen waren feucht und ihre Blicke wurden allmählich heiß, so heiß, dass sie den Schnee zum Schmelzen brachten und eine unendliche Steppenlandschaft bloßlegten.

Sie hatte jegliches Zeitgefühl verloren. Ihr Geist war von dannen gebraust, auf Wogen der Sehnsucht, unermüdlich weiter, immer weiter, zurück in die Zeit. Nur ihr Körper war müde, sehnte sich nach Ruhe.

Ohne Licht zu machen, legte sie sich aufs Bett und ihre Gedanken kehrten aus den heimatlichen Gefilden zurück. Seit drei Jahren diente sie jetzt schon in diesem Haus. Ihre Schwester war in Warjasch auf einem Großbauernhof untergekommen. Von zu Hause kamen die Nachrichten sehr spärlich.

Ruhtraud Münch war allein und noch nie war ihr dies so klar bewusst geworden wie an diesem Weihnachtsabend. Nichts hat sich verändert, seit sie durch ein Vermittlungsbüro im DEUTSCHEN HAUS in Temeswar die Dienstmädchenstelle in der TALLER-APOTHEKE, hier in Jarmath, bekommen hatte.

Die Menschen dieses Dorfes waren ihr fremd geblieben. Fremd klang auch ihr Dialekt und befremdend muteten ihre Kleider an. Auch eine andere Religion hatten diese Bauern, Taglöhner und Handwerker. Sie waren katholisch und ihre Frauen gingen oft in den Beichtstuhl, in ihren langen dunklen Röcken, dunklen Blusen und dunklen Kopftüchern. Wenn sie zu Hause oder auf dem Feld arbeiteten und ihre viel helleren Alltagskleider trugen, sahen sie wesentlich jünger aus.

Ruhtraud ging nur selten aus dem Haus, und dann nur bis in den Krämerladen, zum Metzger oder Becker. Sie hatte auch kaum Freundinnen gefunden. Die Mädchen ihres Alters zählten sie zu den Herrischen und mieden sie, wegen ihrem der Hochsprache viel näher gelegenen Deutsch, teils respektvoll, teils neidisch.

Eines Tages hatte sie beim Milchholen dem Nachbarmädel erzählt, dass sie in der Schule Russisch gelernt habe. Das ging wie ein Lauffeuer durchs Dorf und passte so recht in den Gerüchtetopf mit der Tallerschen Vergangenheit.

Erst einmal war Ruhtraud auf einem Ball, vor einem Jahr an Johannes auf dem Kansbaal*, dem Ball der Mägde und

Knechte. Niedergeschlagen, hatte sie lange vor dem Zapfenstreich das Wirtshaus verlassen und war nach Hause gegangen, allein und einsam, wie sie es seit ihrer Ankunft in Jarmath immer war.

Isolde Taller, die Apothekerstochter, die angeblich in Wien Medizin studierte, verhielt sich dem Dienstmädchen gegenüber arrogant und ließ es bei jeder Gelegenheit seine Aschenputtelrolle spüren. Von Verständnis für das heimatlose Mädchen konnte auch nicht im Entferntesten die Rede sein, weder bei Joseph Taller noch bei seiner mal hysterischen, mal deprimierten Gattin Sophie. Nur einmal durfte Ruhtraud am Speisetisch im hellen Wohnzimmer mit der Familie und ihren Gästen, ein Arztehepaar aus Temeswar, speisen. Das war vor zwei Jahren am Jarmather Kirchweihsonntag. Isolde weilte damals gerade in Wien.

Eben darum war Ruhtraud heute Nachmittag überrascht, als der Apotheker ihr nach dem Weggang des Notars Petrescu und seiner Gemahlin mitteilte, dass sie sich morgen Nachmittag auch zu ihnen ins Wohnzimmer gesellen dürfe, wenn die Familie Brunmayer zu Besuch komme, natürlich, nachdem Kaffee und Kuchen serviert sein werden.

Weihnachten erweicht sogar Felsen, dachte Ruhtraud und schlief doch noch mit einem sanften Lächeln ein.

5

Herr Joseph Taller begrüßte seine Weihnachtsgäste schon im Hof und geleitete sie zu Frau und Fräulein Taller, die am Christbaum warteten. Das museumsreife Kaffeeservice auf dem Tisch sollte natürlich die Vornehmheit der Familie unterstreichen und die Bekleidung der Damen konnte nur Wiener Herkunft sein, war der erste Eindruck, den Mathias Brunmayer nach dem Betreten des Wohnzimmers der Apothekerfamilie gewann.

Man reichte sich die Hände zum Gruß und setzte sich an den Tisch. Dann Schweigen. Lächeln war angesagt in drei Brunmayer- und ebenso vielen Taller-Gesichtern. Echt?

Wohl keines. Aus Verlegenheit gekünstelt? Höchstwahrscheinlich alle. Joseph Taller brach endlich das Eis, doch nicht vor einem kurzen, mit der rechten Hand abgedämpften Husten:

„Wir sind froh, Sie heute bei uns begrüßen zu dürfen. In Wien besuchen sich Freunde auch am Zweiten Weihnachtstag."

„Das war bei uns schon immer so. Schließlich und endlich gehörten wir ja lange zusammen", kam Jakob Brunmayer seinem vornehmen Zechkumpan entgegen.

„Es wäre bestimmt für alle besser, wenn alles beim Alten geblieben wäre", meinte der Apotheker, sichtlich erleichtert, einen Gesprächsstoff gefunden zu haben.

Mathias schaltete sich in das Männergespräch ein und gestaltete es mit seinem jugendlichen Elan erst richtig lebhaft:

„Ja, aber beim ganz Alten, als unsere Priester noch nicht ungarisch predigten. Da ist mir die heutige Zugehörigkeit zu Rumänien doch lieber. Wir haben jetzt wenigstens unsere deutschen Schulen und Vereine."

„Es hat sich schon einiges geändert nach dem Krieg. Da muss man dir schon Recht geben"; stimmte Jakob Brunmayer seinem Sohn bei.

Die drei Männer unterhielten sich noch eine Weile angeregt weiter, ehe sich Frau Sophie Taller einmischte: „Aber Joseph, du vergisst ja ganz, unsere Gäste zu bewirten." Die Stimme der Gastgeberin klang fast weinerlich. Man hatte den Eindruck, sie beklage einen unerträglichen Zustand.

„Ja, Vater, es wird Zeit zum Kaffeetrinken", vernahmen die Brunmayers jetzt auch zum ersten Mal die Lispelstimme der Medizinstudentin, eine der wenigen in ganz Wien, wie der Apotheker bei jeder Gelegenheit betonte, Isolde Taller.

„Entschuldigen Sie bitte, Frau Brunmayer, meine Herren. Man könnte wirklich seine Gastgeberpflichten in Gesprächen mit einem so interessanten jungen Mann sehr schnell leichtfertig vernachlässigen", reagierte der Hausherr auf die Ermahnungen der Taller-Frauen.

Jakob Brunmayers Mondgesicht färbte sich dunkelrot vor

Stolz, während sein Gegenüber, Gastgeber Apotheker Joseph Taller, zu einer Handglocke griff, die neben seinem Kuchenteller bereitstand.

Jetzt erst fiel Mathias die Sitzordnung, die sie innehatten, auf. Die zwei Väter saßen sich gegenüber, die zwei Mütter saßen sich gegenüber und zwischen ihnen saßen sich die zwei Einzelkinder gegenüber. Mathias musste sich bei dieser Feststellung ein spöttisches Grinsen verkneifen. Schließlich hatte seine Mutter ihn ja nicht umsonst in die Pläne des Vaters eingeweiht.

Die wenigen Minuten, die bis zum Eintreffen des Dienstmädchens verblieben, nutzte der Junge, um sich das Fräulein näher anzusehen. Das fiel insofern nicht unanständig auf, als auch die Damen über die Unterschiede ihrer Kleidung ins Gespräch gekommen waren, also gegenseitiges Mustern sowieso angesagt war. Eine zu lange Nase, ein großer Mund mit Lippen wie Striche, Augen voller Begierde, zarte Hände und ein feiner, heller Teint, stellte Mathias fest. Nicht außergewöhnlich hübsch, aber auch nicht übel, dachte er. Guter Durchschnitt.

Zum Glück konnte Jakob Brunmayer diese perversen Gedanken seines Sohnes nicht lesen und Mathias' Aufmerksamkeit wurde auch ganz plötzlich abgelenkt. Die Tür zum Glasgang war offen geblieben – wahrscheinlich um Herrn Tallers Tischglocke die Chance zu geben, auch noch in der Küche gehört zu werden - und darin erschien das Dienstmädchen der Apothekerfamilie mit einem Silbertablett in den Händen.

Mathias sah weder die dampfende Kanne noch den Kuchen auf dem Tablett. Er sah nur dieses Gesicht: liebliche Züge, dunkle Augen, eine leicht geschwungene Nase, die hohe Stirn und die kurz geschnittenen, fein gewellten Haare in einem hellen Braun.

Das Mädchen grüßte höflich, stellte das Tablett auf den Tisch, legte je ein Stück Kuchen in die Teller der Anwesenden und füllte ihre Kaffeetassen. Obzwar an einem der Tischenden für eine siebente Person gedeckt war, wollte es sich danach entfernen. Der Apotheker hielt es aber mit den Worten zurück: „Bleib nur Ruhtraud. Nimm bitte Platz." Und zu seinen Gästen gewandt, fuhr er fort: „Ruhtraud gehört zu unserer Familie. Sie ersetzt Sophie und mir die Tochter, wenn Isolde in Wien an der Universität weilt."

Mathias sah, wie ein Anflug leichter Röte die Wangen des Dienstmädchens färbte. Es nahm am Tisch Platz und die Gesellschaft ließ sich mit lobenden Worten Kaffee und Kuchen schmecken.

Man verbrachte eine gute halbe Stunde bei jetzt doch etwas flüssigerem Gespräch, ehe die Hausfrau das Dienstmädchen anwies, den Tisch abzuräumen. Das Mädchen hatte sich sehr ruhig verhalten und nur einmal mit seiner wohlklingenden Stimme auf eine Frage Frau Brunmayers zu der Kuchenzubereitung geantwortet. Als es jetzt nach der leeren Tasse vor Mathias griff, dieser ihm aber mit einer spontanen Bewegung zuvorkam und ihm die Tasse reichte, erwiderte es kurz und unauffällig seinen Blick.

Nachdem Ruhtraud sich in die Küche zurückgezogen hatte, trat erst mal eine Gedenkpause ein. Danach war es Jakob Brunmayer, der das Gespräch wieder aufnahm:

„Fräulein Taller, Sie nehmen aber eine lange und beschwerliche Reise in Kauf, wenn Sie gelegentlich von Wien nach Hause kommen."

„Nach Hause, ja, nach Hause... Sie sagen es so einfach, Herr Brunmayer. Für Sie ist dieses Nest hier warm, aber ich ... Ja, wo ist mein Zuhause?"

„Aber meine Kleine", jammerte Mutter Taller, sich mit der linken Hand an die Stirn fassend, „Jarmath ist jetzt unsere Heimat. Du weißt doch, was deinem Vater in Wien alles widerfahren ist."

„Natürlich ... ja ... sicher, liebe Mama ..." Isoldes Stimme wurde fein wie ein Pfeifton. „Ich liebe euch ja ..., aber auch Wien ..., das Leben..."

„Das Leben hier im Banat ist doch viel ruhiger", unterbrach Joseph Taller mit barscher Stimme seine Tochter.

Jakob Brunmayer meinte, die gebrochene Seele kitten zu

müssen:

„Wertestes Fräulein, die Anwesenheit ihrer Familie in unserem Dorf ist für uns eine besondere Ehre. Wir Jarmather sind sehr froh, Sie in unserer Mitte zu haben."

„Danke, danke, Jakob. Wir erfahren das jeden Tag", sagte Herr Taller sichtlich geschmeichelt. Dann wandte er sich wieder seiner Tochter zu und fuhr mit wesentlich sanfterer Stimme fort: „Wenn du, meine Liebe, Ärztin bist, könntest du hier in Jarmath arbeiten... und auch heiraten."

„Aber, Vater ... nein, Vater ... willst du das vielleicht jetzt ausdiskutieren? Wir haben doch Gäste."

Bertha Brunmayer war erblasst und Mathias war hellhöriger als je zuvor in seinem Leben geworden. Durch das während seines Schulbesuches in Wojtek erlangte Selbstbewusstsein lagen aber alle überlieferten und überlebten Lebensregeln längst hinter ihm. Er genoss daher das eher belustigende Ausharren in Erwartung dessen, was da kommen würde, ohne dabei irgendeine Gefahr für Leib und Seele zu erkennen.

Der Apotheker steuerte unterdessen direkt auf das Thema der Väterkonspiration zu:

„Eben, weil wir Gäste haben ... Herr Mathias Brunmayer hat eine große Zukunft vor sich, und du auch, mein Kind. Ihr könntet gemeinsam durchs Leben gehen."

„Ja, ja", eiferte Brunmayer senior sich, „mei Matz ... Entschuldigung ... mein Mathias wird in einigen Jahren der größte Landwirt in Jarmath sein ... Und er wird möglicherweise sogar mal Bürgermeister in unserem Dorf ... Das wäre eine hervorragende Partie für Sie, Fräulein Taller."

Jakob Brunmayers Vollmond leuchtete in hervorragend geheucheltem Altruismus, so als läge ihm wirklich nur das Wohl der zwei jungen Menschen am Herzen, als seine Frau vorsichtig einwarf:

„Aber Jakob, Mathias wird doch im Januar erst neunzehn Jahre alt."

Apotheker Joseph Taller kam seinem Freund, dem Großbauer Jakob Brunmayer, dessen Gesicht wieder eine dunkelrote Färbung angenommen hatte, zu Hilfe:

„Natürlich, werte Frau Brunmayer, sind unsere Kinder noch sehr jung. Auch Isolde ist erst neunzehn Jahre alt. Aber waren wir denn älter in unserer Sturm-und-Drang-Zeit?"

Jakob Brunmayer blickte jetzt wirklich finster drein. Wie konnte Bertha es wagen?

Diese schwieg angewidert, weil sie aus Isoldes überraschter Kopfbewegung den Schluss zog, dass der Apotheker soeben gelogen hatte.

Frau Taller schien von diesen lebenswichtigen Gesprächen total überfordert zu sein. Sie war seit Minuten in eine tiefe Depression versunken und saß mit teilnahmslosem Blick in der Weihnachtsrunde.

Während bei den anderen Teilnehmern sich eine gewisse Gemütserregung bemerkbar machte, blieb Mathias gelassen. Seine Selbstsicherheit missfiel dem Vater, der spürte, dass der Junge eigenständig dachte, obwohl er sich erst jetzt in dieses sehr wohl auch ihn betreffende Gespräch einschaltete.

„Aber Fräulein Taller", sagte Mathias, „Eltern denken nun mal für ihre Kinder, auch wenn die Zeiten sich geändert haben, und das nicht nur in Wien, sondern auch bei uns in Temeswar und den umliegenden Dörfern. Was unsere Väter anscheinend für uns bestimmt haben, muss ja nicht schon morgen in die Tat umgesetzt werden ... Sie, Fräulein Isolde, fahren nach Heilig Drei König wieder nach Wien und ich in die Ackerbauschule nach Wojtek. Wir haben also genug Zeit zum Nachdenken und im nächsten Sommer vielleicht auch zum näher Kennenlernen... Ich würde selbst sehr gerne mal durch Wien spazieren. Wir wissen ja schon so viel über den Prater, das Riesenrad, die berühmten Paläste, die Musik ... Aber alles selbst erleben?! ... In Wien soll ja auch der nicht weit von hier geborene Schriftsteller Adam Müller-Guttenbrunn gewirkt haben. Wissen sie vielleicht sogar, wo seine Grabstätte ist?"

Das Gespräch hatte für alle eine erlösende Wende genommen. Nur ihre Nachwirkung war von Person zu Person verschieden.

Die zwei verkupplungswütigen Herren sahen sich schon als baldige Schwiegerväter, Isolde glaubte, einen verschleierten Heiratsantrag erlebt zu haben, Frau Sophie Taller hatte keine Ahnung von dem, was sich da zutrug, Mathias meinte, den Kopf aus der Schlinge zu haben, und seine Mutter, Bertha Brunmayer, war zutiefst beunruhigt.

6

Ruhtraud schlug die Augen auf. Ihre Lippen waren feucht von seinen Lippen. Sie wich seinem Blick aus und sah die Holunderblüten zwischen dem üppigen Grün der Blätter und darüber den blauen Himmel.

Mathias betrachtete ihr Antlitz. Seine Lippen waren feucht von ihren Lippen. Er ließ sich neben sie ins weiche Gras sinken.

Nur durch ihre rechte und seine linke Hand waren die zwei jugendlichen Körper noch miteinander verbunden. Halb entkleidet lagen Ruhtraud Münch und Mathias Brunmayer unter der Hecke und waren Teil des werdenden Lebens wie der schützende Strauch, die sich verbeugende Weide, die flüsternden Insekten, die frohlockenden Vögel, der raunende Bach... unter einer lachenden Maisonne.

Die Zeit setzt aus, wenn Wesen aus Fleisch und Blut sich vereinen. Längst hatten beide ihre Augen wieder geschlossen und lauschten in das sie umgebende Wunder. Reine, unverfälschte Töne drangen in ihre aufgewühlten Herzen.

Das Dorf lag weit weg, hinter der zweiten Hügelkette. Die Jugend war dort gerade beim Sonntagstanz, die Frauen saßen in Nachbarschaftskreisen auf den Bänkelchen und mitgebrachten Hockern vor ihren Häusern, die Männer weilten im Wirtshaus oder auf dem Sportplatz. Alles hatte seine Ordnung in Jarmath, und das seit nunmehr 200 Jahren.

Die Natur draußen in der Heckenlandschaft blieb ungestört in ihrem Zeugungs- und Reifungsprozess, der vom Grunde des Baches bis in die höchsten Wipfel eine beglückende, Hoffnung spendende Atmosphäre ausstrahlte.

Vier Augenlider öffneten sich unter dem Holunder. Zwei Gesichter suchten und fanden einander. Ruhtraud und Mathias waren für eine kurze Zeit vereint, Augenblicke, in denen alles Rationale aus ihnen gewichen war und ihre Leiber zu willigen Sklaven ihrer Gefühle wurden, Momente unausprechbarer Empfindungen, die sie zu den gekrönten Königskindern des frühlingsbedingten Zeugungstriebes der sie umgebenden Natur werden ließen.

Jetzt kehrten ihre Sinne aber allmählich zurück und entrissen sie der gedankenlosen Glückseligkeit aller sie umgarnenden Entstehungswunder, die mit ihrem göttlichen Rauschen, Zwitschern, Quacken und Summen die Landschaft schwängerten. Ihre seit Monaten angestauten Gefühle hatten die zwei Menschenkinder soeben zum lustvollen gegenseitigen Raub und gleichzeitigen Verschenken ihrer Unschuld verleitet. Die sich nun vollziehende langsame Rückkehr in die vom Denken beherrschte Wirklichkeit ließ sie aber trotz aller Glücksgefühle im Vergleich mit allen anderen Geschöpfen mehr als erbärmlich erscheinen.

„Mathias, man wird alles erfahren."

„Ich weiß."

„Ich habe Angst."

„Ich liebe dich und werde nie ein anderes Mädchen lieben."

„Das musst du auch nicht unbedingt, um die zu heiraten, die für dich auserwählt wurde."

Mathias stützte sich auf einen Ellbogen und sah Ruhtraud an. Tränenperlen verklärten ihren Blick. Er beugte sich über sie. Seine Küsse brannten vor Leidenschaft und seine rechte Hand strich sanft über Ruhtrauds immer noch entblößte Oberschenkel.

„Ruhtraud, ich werde diese Apothekerstochter nicht heiraten, auch wenn die Musikkapelle und das Wirtshaus schon bestellt sind."

„Was willst du tun? Wenn du sie nicht heiratest, ist dein Leben zerstört. Dein Vater bringt dich um und der Apotheker mich."

„Ich wäre schon längst abgehauen, müsste ich nicht dauernd an meine Mutter denken. Mein Vater wird seine Wut an ihr auslassen."

„Es kann nur einen Weg geben."

„Was meinst du?"

„Ich werde dieses Dorf verlassen und mich in der Stadt verdingen."

„Das wirst du nicht tun... Es muss einen Ausweg geben."

„In einem Monat kommt deine Braut. Die Hochzeit ist für Ende Juli anberaumt", führte Ruhtraud dem immer nachdenklicher werdenden Geliebten die bittere Wahrheit vor Augen, ihn mit einem plötzlich einsetzenden Weinkrampf aufs höchste erschreckend. „Ich ... ich putze schon das ... das ganze Haus ... für die ... die ... für deine Hochzeit. ... Am Mittwoch war ich ... war ... ich mit den Tallers in der Stadt ... und ... und ... und habe das Kleid für deine ... das Brautkleid für deine Braut anprobiert. ... Es wird sehr ... sehr schön. ... Nur die Länge wird vielleicht noch ... wenn deine Isolde kommt ..."

„Hör auf! Hör auf!", schrie Mathias und sprang auf. Ein Vogelschwarm stob aufgescheucht aus dem Gebüsch.

Mathias stand mit gespreizten Beinen vor dem in Schmerz aufgelösten Mädchen und knöpfte sich die Hose zu. Seine Miene war versteinert. Noch nie im Leben hatte er sich so elend gefühlt.

„Auch bei uns im Haus wird alles vorbereitet", presste er hervor. Sein Blick weilte dort, wo die Sonne sich eben zum Untergang anschickte.

Dann schaute er auf den zusammengekrümmten Körper des unglücklichen Geschöpfes vor seinen Füßen. Er sah die sich stoßweise, heftig hebende und senkende Brust und hörte das hoffnungslose Weinen.

Langsam, so als hätte er Angst, diesen Ausbruch unsagbaren Herzwehs zu stören, kniete er nieder, umfasste Ruhtrauds Schultern behutsam mit seinen windgegerbten Bauernhänden und zog sie an seine Brust.

Regungslos verharrten beide im allmählich feucht werdenden Gras. Ihr Kopf ruhte auf seinen Schultern. Worte passten nicht in diese friedliche Stille.

- - -

Die Sonne verabschiedete sich hinter der Hügelkette. Ein Amselschlag kündete den Abend an. Ruhtraud und Mathias gingen zurück nach Jarmath, Hand in Hand. Ihre Schritte wirkten sehr zögerlich. Es hatte den Anschein, die beiden hätten viel lieber zum zweiten Mal an diesem Tag auf jegliches Zeitgefühl verzichtet, doch diesmal für ewig, denn je näher sie dem Dorf kamen, je klarer verspürten sie den dumpfen Schmerz in ihren Herzen, der konfuse Gefühlswallungen hervorrief, in denen schließlich das Abschiedsgespenst die Oberhand gewann.

7

Die Luft flimmerte in der Mittagshitze. Der Kronen Hans hatte, als erster Maschinist, die Dreschmaschine abgestellt. Fünfzehn Männer und vier Frauen suchten hinter wachsenden Strohschobern und beladenen Strohwagen Schutz vor der sengenden Sonne. Ein Leiterwagen war aus dem Dorf gekommen und hatte frisches Wasser vom Großen Brunnen mitgebracht. Auch etliche Kinder waren auf dem Wagen. Sie brachten ihren Vätern das Mittagessen.

Die vier jungen Frauen hatten sich in einiger Entfernung von den Männern hinter einen fertigen Schober zurückgezogen. Sie konnten hier unbehelligt von lästigen Blicken ihre Blusen weiter öffnen und auch die Röcke etwas hochziehen, um doch ein wenig Luft an ihre verschwitzten und verstaubten Körper heranzulassen.

Kathi war schon das dritte Jahr Magd beim Großbauer Brunmayer. Susi, Anna und die Kilzer Leni hatten sich als Taglöhnerinnen für den Drusch verdingt. Die Müdigkeit stand den vier Frauen im Gesicht. Sie lehnten wortlos an dem Schober und atmeten erst einmal staubfrei durch, bevor sie ihr Essen auspackten. Leni war die einzige Ledige unter ihnen.

Kathis Mann war Knecht auf dem Brunmayer-Hof und hatte heute zu Hause bleiben müssen, weil der Tierarzt noch vor Mittag wegen einem kranken Pferd vorbeikommen sollte.

„Nach Mittag wird er schon kommen, wenn Dr. Kollmer wieder weg ist", antwortete die Magd auf Susis Frage nach ihrem Sepp.

„Es ist schon bisschen merkwürdig, dass sich von den Brunmayers die ganze Woche niemand sehen ließ, wo sie doch heuer fast doppelt so viele Taglöhner als sonst haben. Sogar den Schippo Toni mit seiner neuen Dreschmaschine wollen sie bringen... und kommen selbst nicht aufs Feld", sagte Anna, die nach Kathis Antwort irgendwie das Gefühl hatte, dass die einem Gespräch über ihre Brotgeber ausweichen wolle.

Ein zwar warmes, aber für die im Schatten sitzenden Frauen trotzdem erquickendes Koschawa-Lüftchen* ließ diese die Müdigkeit ihrer Glieder vergessen und erfrischte vor allem ihr erschlafftes Denkvermögen. Anna war als hartnäckige Ausfragerin bekannt und sie gab auch diesmal nicht so schnell auf.

„Die TALLER-APOTHEKE ist auch schon zwei Tage geschlossen. Soll der Apotheker vielleicht persönlich mit dem Bräutigam nach Wien gefahren sein, um die geschulte Braut für die Hochzeit abzuholen?", fragte sie mit unverhohlenem Spott in der Stimme.

Susi erzählte, dass die alten Weiber am vergangenen Sonntag in der Gassereih* nur von dieser Hochzeit geredet hätten. Ihre Oma habe die Neuigkeit nach Hause gebracht, der Jakob Brunmayer soll sogar die zwei Kapellmeister, den Kelter und den Sirol, überredet haben, dass beide Kapellen spielen. Vierhundert Gäste seien angeblich eingeladen, einige auch aus Wien und Temeswar und natürlich alle Herrischen aus Jarmath.

Anna wurde leicht gehässig, als sie hinzufügte: „Bei den eigenen Leuten hat der Brunmayer nicht so weit gegriffen. Seine und seiner Frau Geschwisterkinder sind ja angeblich nicht dabei. Neben so vielen Herrischen hätten ein paar arme Schlucker auch noch Platz gehabt."

„Wo sollen denn die vielen Gäste im SCHARFEN ECK unterkommen?", fragte Susi.

„Im Hof des Gasthauses wird ein großes Zelt aufgestellt", wusste Anna Bescheid.

- - -

Leni Kilzer saß etwas abseits, die Beine ein wenig angezogen, das Haupt zurück an das Stroh gelehnt und den Blick gen Himmel gewandt. Sie hatte sich weder an dem Klatsch beteiligt, noch ihr Essen berührt. Ihre schönen, blauen Augen schimmerten feucht. Sie atmete kurz und nur die fest zusammengedrückten, fleischigen Lippen verhinderten, dass ihrem blutenden Herzen Klageseufzer entrinnen konnten.

Leni hatte Mathias schon als Schulkamerad gern gehabt. Aus einer harmlosen Sandkastenliebe war mit den Jahren eine tiefe, ehrliche und bis heute unausgesprochene Leidenschaft für den hochaufgeschossenen Jüngling mit den sanften, von seiner Mutter geerbten Gesichtszügen gesprossen. Warum, warum hat sie es nie gewagt, ihm ihre Liebe zu offenbaren? Auch wenn es sich für ein Mädchen nicht ziemt, ja sogar als unmoralisch verworfen wird, hätte sie es doch tun sollen. Jetzt ist es zu spät, zu spät für immer.

„Es gibt gar keine Hochzeit", hörte das von Liebeskummer gepeinigte Mädel plötzlich Kathi sagen.

Ein Jubelgefühl bemächtigte sich ihrer. Sie bebte am ganzen Körper. Sollte ihre Verdingung bei den Brunmayers sich doch noch gelohnt haben?

Sie hatten es eigentlich gar nicht nötig, die Kilzers, sich bei den Brunmayers einen armseligen Tagelohn zu verdienen. Im Gegenteil, Lenis bäuerliches Geschick und ihre jugendliche Kraft wären in der Landwirtschaft des Mittelbauern Kilzer viel dienlicher gewesen. Sie hatte sich aber zum Staunen vieler Dorfbewohner gegen den elterlichen Willen durchgesetzt und war zu den Brunmayers an die Maschine gegangen, einen letzten winzigen Hoffnungsschimmer im Herzen tragend.

Und nun diese Neuigkeit! Sollte Mathias sich doch in letzter Minute anders entschieden haben? Jetzt wird sie nicht mehr zögern, wird ihm ihre Liebe bei der ersten Gelegenheit gestehen, ob sich das nun gehört oder nicht.

„Was", fragte Anna mit Nachdruck, „es gibt keine Hochzeit?"

„Nein, bestimmt nicht", bekräftigte Kathi ihre vorherige Aussage.

„Aber es ist doch alles vorbereitet. Das ganze Dorf fiebert der größten Hochzeit nach dem Krieg entgegen. Was ist denn da passiert? Hat Fräulein Taller es sich anders überlegt? In dem großen Wien mangelt es bestimmt nicht an ledigen Männern. Oder soll gar der junge Brunmayer...? Aber das traut der sich bestimmt nicht. Der Alte würde ihn erschlagen."

„Das kann er gar nicht", unterbrach Susi Annas Spekulationen.

„Wieso kann er das nicht? Wenn der in Wut gerät, ist ihm alles zuzutrauen. Glaubst du, der hat seine Verdienstkreuze umsonst aus dem Krieg mitgebracht?"

„Weil der Mathias nicht mehr auf dem Hof ist. Kathi, du kannst ruhig mit der Wahrheit herausrücken. Die Leute im Dorf erzählen es schon seit zwei Tagen hinter vorgehaltener Hand", versuchte Susi, die Magd zum Reden zu bringen.

Kathi kaute widerwillig an einem Stück Speck, das in dieser Hitze nicht recht schmecken wollte, und schien nachzudenken, ob sie ihr Geheimnis preisgeben soll. Das dauerte eine ganze Weile und es sah schon aus, als ob die Frauen ihren Gesprächsstoff voll ausgeschöpft hätten. Aber dann konnte sie doch nicht an sich halten und platzte in das einsetzende Mittagsdösen:

„De Matz is mi'm Taller seim Dienstmädche dorchgang. Die zwaa fehle schun seit'm Montach."

Das war selbst für Anna und Susi zu viel des Guten, geschweige denn für Leni. Das Mädchen drückte beide Hände an die Brust und biss sich auf die Lippen, um ein Aufheulen zu unterdrücken. Ihre eben noch leicht geröteten Wangen wurden aschfahl. Trotz allen Schmerzes hörte sie die Stimme ihres vom Dorfleben geprägten Instinkts: Du darfst dich nicht verraten. Nur jetzt nicht schwach werden, sonst bleibst du ledig. In Jarmath nimmt dich keiner mehr.

Leni kämpfte tapfer gegen den drohenden Weinkrampf an. Und die drei Frauen machten es ihr wahrlich nicht leicht. Sie lästerten mit überschwänglicher Wohllust. Ihre Schadenfreude nahm sie zum Glück aber so in Anspruch, dass sie von Leni überhaupt keine Notiz mehr nahmen.

- - -

Als die Mittagspause zu Ende war und die drei Frauen sich in bester Laune anschickten, an die Maschine zurückzukehren, sagte Leni ihnen, sie verspüre plötzlich starke Bauchschmerzen und würde am liebsten mit dem Wasserwagen gleich nach Hause fahren.

„Du bekommst bestimmt deine Tage", ermunterte Anna ahnungslos das erschütterte Mädchen. „Fahr nur gleich mit. Beeil dich. Schau, die Kinder sind schon auf dem Wagen. Der fährt bald los. Ich werde dem Maschinisten schon Bescheid sagen. Heute sind soundso genug Leute da."

- - - -

III

Feuersbrunst

1

„Vor langer, langer Zeit, als deine Urgroßmutter noch ein kleines Mädchen war, lebte im Mercy-Schloss, mitten im Jagdwald, ein österreichischer Graf. Damals war der Wald noch viel, viel größer als heute. Er erstreckte sich vom Fabrikstädter Bahnhof weit hinaus in Richtung der Hügel, bis nach Jarmath.

Dunkel und unwegsam war der Jagdwald in jener Zeit und niemand durfte in ihm jagen. Das Wild gehörte dem Grafen, von dem viel, aber nichts Genaues erzählt wurde. Eine im Wald versteckte Husarenkompanie, die zwar noch kein Mensch gesehen hatte, der aber angeblich viele Wilderer zum Opfer gefallen waren, soll auch das gräfliche Anwesen rund um die Uhr bewacht haben. So erzählten damals die Leute in der Stadt und draußen auf den Dörfern.

Eines Tages verließ eine Kunde Schloss und Wald und flog mit Windeseile in alle Himmelsrichtungen. Eine Jungfrau von bis dahin nie gesehener Schönheit, die Tochter des Grafen, soll auf dem Schloss im Jagdwald leben. Die Wände ihrer Gemächer seien mit Gold und Edelsteinen verziert und der Garten, in dem sie täglich lustwandle, wäre ein Paradies mit exotischen Schmetterlingen und Blumen. In einem quellklaren Teich sollen rund tausend Goldfische schwimmen.

Ein Gärtner will gehört haben, wie die Prinzessin, schöner als die schönste Rose dieses himmlischen Gartens, den Goldfischen ihr Herzeleid klagte. Sie wäre einsam und sehne sich nach Liebe. Ihr Haupt würde sie allzu gerne an eine verwegene und trotzdem liebende Männerbrust legen.

Noch nie hatte eine Nachricht die Adelshäuser in ganz Europa so bewegt. Temeswar war zum Wallfahrtsort fürstlicher Brautbewerber geworden. Aber keinem gelang es, das geheimnisvolle Schloss zu finden.

Viele junge, tapfere Prinzen verschwanden mit ihren Gefolgschaften auf Nimmerwiedersehen in der unheimlichen Tiefe des Jagdwaldes. Andere kamen nach Wochen, von wilden Tieren zerrissen, zurück und verließen fluchtartig das Banat. Es gab damals, in jener fernen Zeit, als Temeswar noch von vielen Flussarmen umklammert war, wirklich kein Haus, in dem nicht die schrecklichsten Geschichten vom todbringenden Werben um die wunderschöne Prinzessin auf dem sagenumwobenen Mercy-Schloss erzählt wurden.

Jetzt schlaf aber. Es ist schon spät. Morgen erzähle ich dir weiter."

„Nein. Bitte, erzähl weiter. Jemand muss die Prinzessin doch gesehen haben. Sonst könnte man heute nichts von ihr wissen."

„Na gut. Aber dann wird geschlafen."

„Versprochen. Ein Mann, ein Wort."

„Die Kunde von der engelgleichen Prinzessin und den königlichen Reichtümern, die sie umgaben, fand auch ihren Weg zu den Heiducken in der Wildnis der Karpaten und zu den Betyaren in den unendlichen Weiten Pannoniens. Der Zufall wollte es, dass der Heiduckenharambasch* Ianăş Bumbăcilă in den Ruinen der Burg Jdioara und der Betyarenhauptmann* Rozsa Sándor im Bakonyer Wald am gleichen Tag von den sagenhaften Schätzen im geheimnisvollen Schloss zu Temeswar hörten.

Beide schwangen sich mit ihren verwegenen und kampferprobten Gesellen auf die Rücken ihrer Pferde und sprengten, der eine von Osten, der andere von Westen, in gestrecktem Galopp dem Jagdwald zu. Weil der einstige Csikos* Rozsa Sándor die schnellste Reiterhorde der Welt anführte, erreichten die zwei Reitertrupps, trotz des weiteren Weges der Betyaren, gleichzeitig den Wald. Ungestüm brachen sie in die lebensbedrohlichen Jagdgründe des Grafen ein. Wilde Tiere aus fremden Erdteilen, man erzählte von Grizzlybären und Löwen, und schwer bewaffnete Husaren konnten die Heiducken und Betyaren nicht aufhalten. Und als an Peter und

Paul die ersten morgendlichen Sonnenstrahlen auf die märchenhafte Lichtung im Herzen des Jagdwaldes fielen, drangen die zwei Räuberbanden durch das Dickicht der Sträucher.

Die schweißbedeckten Pferde hoben sich auf die Hinterbeine, als ihre Reiter überrascht die Zügel strafften. Beide Seiten hatten weitere Husaren vor dem Schloss vermutet, aber keineswegs eine Reiterschar, die so ähnlich gekleidet und bewaffnet war wie die eigene. Einige Minuten verharrten sie außerhalb einer schusssicheren Reichweite. Dann, nach einer jeweils kurzen Unterredung mit den eigenen Leuten, ritten Ianăș Bumbăcilă und Rozsa Sándor aufeinander zu.

Ich bin Rozsa Sándor, der Hauptmann der tapferen Betyaren. Wir kämpfen für die Rechte der Armen, sprach der Räuberanführer, dessen Hand auf einem mit Edelsteinen beschlagenen Revolvergriff ruhte.

Ich bin Ianăș Bumbăcilă, der Harambasch der unerschrockenen Heiducken, stellte der Freiheitskämpfer aus den Karpaten sich vor.

Beide sprachen ein gebrochenes Deutsch, das sie in den Gefängnissen der Habsburger gelernt hatten.

Die Schätze in diesem Schloss sollen dem Volk gehören, sagte Rozsa Sándor mit finsterer Miene.

Ich werde das Gold von den Wänden reißen und Mehl für die Leibeigenen kaufen, entgegnete Ianăș Bumbăcilă.

Das Gold gehört mir, rief Sándor.

Nein, es gehört mir, behauptete Bumbăcilă.

Und so entbrannte ein heftiger Streit um die Reichtümer, die beide Räuberhäuptlinge im Schloss vermuteten. Sie ließen aber ihre Pistolen doch in den breiten Ledergürteln stecken und einigten sich auf einen gemeinsamen Angriff mit anschließender Teilung der Beute.

Als die nun vereinten und zu allem entschlossenen Heiducken und Betyaren zum Sturm auf das Schloss ansetzten, öffneten sich plötzlich die zwei reich und außerordentlich kunstvoll mit Zierelementen aus purem Gold beschlagenen

Torflügel und eine Jungfer von sinnesbetörender Anmut und Schönheit trat mit graziösen, aber entschlossenen Schritten vor das Tor.

Seid gegrüßt, Häuptling Rozsa Sándor und Häuptling Ianăş Bumbăcilă. Eure Berühmtheit hat längst auch unser Schloss erreicht. Mein Vater bittet euch, seine Gäste zu sein. Ich bin stolz und glücklich, zwei so tapfere Streiter für die Anliegen der Armen durch meinen Garten führen zu können.

Ianăş Bumbăcilă und Rozsa Sándor saßen wie versteinert auf ihren prächtigen Rossen, und selbst die schienen ihre bereits verspürte Kampfunruhe wieder verloren zu haben. Abertausende Vogelstimmen klangen durch die Lüfte und verschmolzen mit dem friedlichen Säuseln des Windes zu himmlischen Harmonien, die selbst die härtesten Räuberherzen zu erweichen begannen.

Die zwei Anführer hatten alles vergessen, was sie zu diesem Schloss geführt hatte. Sie sahen sich an. Ihre Blicke bohrten sich durch ihre Köpfe. Es bedurfte keiner Reichtümer und auch keiner Worte mehr. Beide waren gewöhnt, zu besitzen, was sie begehrten. Eine unbändige Liebe zu der feenhaften Prinzessin vor ihren Steigbügeln hatte die zwei Verkörperungen des Schreckens der Reichen und gleichzeitiger Hoffnung der Armen ergriffen.

Noch nie vorher hat jemand erlebt, dass zwei Männerblicke so lange gegenseitig standhielten. Dann, wie auf ein höheres, für alle unbegreifliches Zeichen, verstummte der Vogelchor und kein Blatt rührte sich mehr.

Rozsa Sándor und Ianăş Bumbăcilă stiegen aus den Sätteln, legten ihre mit wertvollen Stickereien verzierten Mantelumhänge ab und entsicherten ihre Pistolen. Keiner ihrer zum Teil jahrelangen Mitstreiter traute sich, sie umzustimmen.

Nach den Regeln eines ehrenwerten Duells standen die zwei hochaufgeschossenen Männer, Bumbăcilă mit schwarzem Vollbart und Sándor mit gedrilltem Schnauzbart, Rücken an Rücken, gingen auf das Zeichen eines Adjutanten aus den Reihen der Betyaren mit gen Himmel zeigenden

Pistolen zehn Schritte auseinander, drehten sich gleichzeitig um und zielten auf das Herz ihres Widersachers ... Zwei Blitze! Zwei Kugeln waren unterwegs.

Ein ohrenbetäubender Donnerschlag ließ die wackeren Räuber erzittern und eine undurchsichtige Nebelwolke verwandelte in Sekundenschnelle die Waldlichtung in ein alle Lebensgeister verwirrendes Weiß, so dass jeder glaubte, er wäre das einzige überlebende Wesen auf dieser Wiese.

Niemand weiß mehr, wie lange dieser Nebel über dem Wald und der Lichtung lag. Es hieß lediglich, der Nebel hätte sich plötzlich gehoben und die zwei Schützen standen unversehrt auf ihren Plätzen. Zu aller Verwunderung waren aber Schloss und Prinzessin verschwunden. Zwei Patronenhülsen lagen genau in der Mitte zwischen den beiden Kontrahenten. Also mussten ihre Kugeln sich auf dem Weg getroffen haben.

Ianăş Bumbăcilă ist nach diesem denkwürdigen Duell zurück in die Karpaten geritten, während Rozsa Sándor mit seinen Betyaren in die pannonische Tiefebene zurückgekehrt ist. Beide sollen viele Jahre später in einer Trutzburg der Habsburger in Transilvanien als Blutsfreunde in der gleichen Gefängniszelle gestorben sein.

Aber jetzt schlaf gut. Morgen erzähle ich dir, wie Rozsa Sándor in seinem Geburtsort den Dorfrichter zum Narren gehalten hat."

- - -

Dem sechsjährigen Stephan waren die Augen zugefallen. Sein Atem ging ruhig und auf dem schlafenden Antlitz war eine kindliche Glückseligkeit zu erkennen.

Mathias Brunmayer betrachtete mit einem gütigen Lächeln seinen schlafenden Jungen. Er wusste, dass der morgen wieder draußen am alten Begakanal Räuber und Gendarm spielen wird. Und wenn der Adam, der Jiva, der Pava, der János, der Peter, der Traian und die anderen müde irgendwo an den Turbinen im Schatten liegen, werden sie den Geschichten des kleinen Stephan, seines Stephan, der dem soeben Gehörten bis dann bestimmt noch einiges aus seinen Träumen hinzufügen wird, atemlos lauschen.

2

Ruhtraud blickte auf und stellte das dampfende Bügeleisen auf den Ziegelstein. Sie stützte ihren rundlichen Körper mit beiden Händen an der Tischplatte ab. Der neunte Monat rückte näher und die häusliche Arbeit machte ihr zusehends mehr und mehr zu schaffen. Mathias blickte sie auch gleich vorwurfsvoll an, als er leise die Tür hinter sich zuzog. Ruhtraud kannte ihren Mann aber gut genug, um ihm keine Gelegenheit zur Schelte zu geben.

„Du machst den Kleinen noch ganz verrückt mit deinen Räubergeschichten", kam sie ihm zuvor.

„Der Lausbub hat eine rege Fantasie. Da ist morgen bestimmt in der Gegend etwas los. Drüben der Lighezan hat mir heute Nachmittag erzählt, dass die Kerle in letzter Zeit häufig bis hinaus an die Behela spielen gehen. Dort wächst noch reichlich Gestrüpp, um die Abenteuerlust dieser kleinen Helden zu befriedigen."

„Jetzt hat mal wieder einer den Arsch in der Seite. Du bist ja begeisterter als dein Sohn. Ich aber mache mir stundenlang Sorgen. Du weißt doch, die anderen sind alle ein paar Jahre älter. Natürlich rennen die schon in der ganzen Fabrikstadt herum. Wie schnell passiert da etwas."

„Aber Ruhtraud, du siehst doch, dass die Großen auf ihn aufpassen wie auf einen Bruder. So sind sie nun mal, die Kinder hier in der Tigergasse. Diesen Zusammenhalt gab's nicht einmal bei uns, draußen auf dem Dorf."

Ruhtraud setzte sich auf das abgenutzte Kanapee und Mathias nahm ihren Bügelplatz ein. Er hat in den letzten Monaten seiner Frau soviel wie möglich von der Hausarbeit abgenommen.

Die Glühbirne verströmte ein nicht gerade helles, aber zum Bügeln und Abwaschen doch ausreichendes Licht in die Küche. Dieser Raum war auch das Wohnzimmer der Brunmayers. Neben dem Schlafzimmer gehörten noch ein Klo mit einer Waschschüssel und ein kleiner Abstellraum zu der Wohnung in einem der Hinterhöfe in der Tigergasse. Das war alles sehr beschaulich, reichte aber aus, um die zwei jungen Eheleute mit ihrem über alle Maße lebhaften Söhnchen seit nunmehr sieben Jahren zufriedenzustellen.

Mathias hatte vor einem Jahr sogar schon mal überlegt, diese Wohnung, in die nur zur Mittagszeit die Sonnenstrahlen für etwa eine Stunde den Weg fanden, zu kaufen. Zum Glück war der Eigentümer damals nicht zum Verkauf bereit, denn in Zukunft würde es bei aller Bescheidenheit doch eng werden. So aber könnte man nach der Ankunft des Familiennachwuchses ruhig weiter planen.

Momentan sah es mit der Arbeit nicht schlecht aus. Das Glück war den zwei jungen Leuten hold geblieben, nachdem sie Jarmath fluchtartig verlassen und in Temeswar ein neues Leben, das wahre Leben, wie Mathias zu sagen pflegte, begonnen hatten. Obwohl die weltweite Wirtschaftskrise viele Arbeitslose verschuldet hatte, war Mathias nach seinem Militärdienst im Fassbinderbetrieb APPELTAUER in der Josefstadt untergekommen. Sein Jarmather Jugendfreund Toni Potye, der einzige, der von Beginn an in seine Fluchtpläne eingeweiht war, hatte ihm vor vier Jahren zu dieser Arbeit verholfen.

Schon bald nach ihrer Flucht aus Jarmath war Stephan im Februar 1930 zur Welt gekommen. Toni war damals in jenem strengen Winter ihr Trauzeuge gewesen, als sie sich in der Milleniumskirche trauen ließen, noch rechtzeitig, bevor der kleine Rozsa Sándor, wie Ruhtraud heute ihren Stephan manchmal liebevoll nannte, nach Luft schnappte. Dass Ruhtrauds Bekenntnis zur Luther-Lehre dabei bloß in einem vertraulichen, von viel Verständnis des Priesters geprägten Gespräch eine untergeordnete Rolle spielte, und nicht, wie erwartet, eine schwer zu nehmende Hürde darstellte, hatte die wenigen Teilnehmer der damaligen Trauzeremonie – mit dem anwesenden Mesner waren es immerhin fünf Personen – angenehm berührt.

Obwohl fast alles, was von den Einzelstücken in ihrer

Wohnung anstelle einer Möbel stand, und auch das, was sie selbst auf dem Leib trugen, aus der Tandlergasse stammte, oder vielleicht gerade darum, waren Ruhtraud und Mathias zuversichtlich und vor allem glücklich miteinander.

3

Ruhtraud lag im Wochenbett. Sie war noch geschwächt von der Geburt, aber froh, dass alles ohne größere Komplikationen abgelaufen war.

Vor einer Woche, am Sonntagnachmittag hatten die Wehen eingesetzt. Mathias war sofort mit dem Fahrrad losgefahren. Er wollte zu Dr. Eschker. Roßmann Alvin, ein den Brunmayers bekannter Kaufmann, der in der Tandlergasse zwei gut gehende Läden betrieb und in der Nachbarschaft wohnte, hatte den aufgeregten Mathias gesehen und ihm angeboten, sein Telefon zu benutzen. Glück! Obwohl schönes Wetter zum Spazierengehen war, meldete sich Dr. Eschker persönlich und versprach, sofort vorbeizukommen.

Bereits nach einer halben Stunde war er da und untersuchte Ruhtraud. Es war aber dann doch später Abend geworden, bis das 3000 Gramm wiegende Mädchen von der Hebamme, die Dr. Eschker noch am Nachmittag gerufen hatte, aus Ruhtrauds Schoß geboren wurde.

Susanne wird sie heißen und Ruhtrauds Schwester soll die Taufpatin werden. Das stand schon vor der Geburt für die Eltern fest, falls es natürlich ein Mädchen werden sollte; und das wurde es ja dann auch, zur überschwänglichen Freude der Mutter.

- - -

Für heute hatte sich hoher Besuch angesagt: Major Adam Ardelean und Frau Ardelean. Ruhtraud versorgte seit 1930 den Haushalt dieser Familie und die Buben vertrugen sich gut. Der damals zehnjährige Junge der Offiziersfamilie hatte den Brunmayer-Sprössling gleich akzeptiert und spielte auch heute noch ab und zu mit ihm Fußball im geräumigen Hof der Villa, wenn Ruhtraud im Haus arbeitete.

Die Ardeleans waren in jeder Hinsicht ein Glücksfall für die junge Brunmayer-Familie. Die Bekanntschaft entstand im 5. Jäger-Regiment. Dort musste Mathias nämlich schon einen Monat nach Stephans Geburt seinen Militärdienst antreten. Obzwar es bei ihm damals mit den Rumänischkenntnissen noch etwas haperte, wurde er nach der Grundausbildung Kurier und lernte so den damaligen Hauptmann Ardelean kennen.

Der Major genoss in den rumänischen Militärkreisen einen guten Ruf, war er doch im Krieg als k.u.k.-Feldwebel über die Karpaten zu den Rumänen übergelaufen und hatte mit der Waffe in der Hand für den Anschluss des Banats an Rumänien gekämpft. Eingeweihte behaupteten, die Beförderung Ardeleans zum Oberstleutnant wäre lediglich ein Zeitproblem.

Für Ruhtraud war es ein Glück, dass der aus einer Karansebescher Familie stammende Offizier, trotz oder vielleicht auch wegen seinen ersten Militärerfahrungen, deutschfreundlich gesinnt war. Sie hat viel zu Gehör bekommen, wenn sie an Sonntagnachmittagen im Hause Ardelean den geladenen Gästen Kaffee und von ihrem selbst gebackenen Kuchen servierte und jedes Mal rot wurde, wenn der Major sich mit seiner fleißigen Şvăboaica* rühmte. In solchen Gesprächen, von denen sie allerdings nicht besonders viel verstand, waren oft Namen wie Oberst Béla Fuchs, Oberleutnant Franz Neff*, Rechtsanwalt Kaspar Muth, Prälat Franz Blaskovits und viele andere, natürlich auch rumänische und ungarische Namen, gefallen.

Der 15. August 1936, Maria Himmelfahrt, war ein heißer Tag. In der Wohnung der Familie Brunmayer war es aber angenehm kühl. Die Tür zum Hof stand offen. Ruhtraud war aus dem Bett gestiegen und hatte es sich auf dem Kanapee in der Küche bequem gemacht. Um halb drei sah sie Herr und Frau Ardelean durch den Hof kommen. Mathias schob die Zeitung beiseite und ging dem Ehepaar entgegen. Der Major trug ein großes Paket auf dem Arm. Frau Ardelean betrat als erste die Küche.

„Bună ziua, Traudi. Cum merge?"* Sie ging schnell auf die Liegestätte zu und drückte Ruhtraud, die sich aufgerichtet hatte, sanft in die Kissen zurück. „Bleib nur ruhig liegen und mach dir keine Mühe wegen uns."

Auch der Major war näher getreten und reichte der glücklichen Mutter die Hand.

„Wir freuen uns mit euch", sagte er, zur Wiege schreitend, die seine Frau schon behutsam schaukelte, um das kleine rötliche Gesichtchen mit den geschlossenen Lidern wohlwollend in Augenschein zu nehmen. „Hier haben wir ein paar Kleinigkeiten für euer Mädchen mitgebracht. Und wenn du wieder zu uns kommst, kannst du die Kleine natürlich mitbringen."

Der Major öffnete das Paket und legte es auf einen Schemel vor dem Diwan, so dass Ruhtraud es selbst auspacken konnte. Da kam Babywäsche für mindestens zwei Jahre zum Vorschein. Was konnte man in diesem Augenblick von Traudi mehr erwarten, als dass sie vor freudiger Erregung zuerst mal erfolglos nach Dankesworten suchte.

Frau Ardelean zog sich einen Stuhl vor das Sofa und die Männer setzten sich an den Tisch. Mathias schenkte einen dunkelroten Marienfelder Wein ein, der das Gespräch in der folgenden Stunde nicht ins Stocken geraten ließ.

„Ich habe mir einen Radioapparat gekauft. 4600 Lei hat er mich gekostet", erzählte der Major stolz, nachdem sie auf die Gesundheit der kleinen Susanne angestoßen hatten. „Heute Morgen hat er gemeldet, dass wir bei den olympischen Spielen eine Silbermedaille gewonnen haben."

„Ja, das ist etwas Schönes, wenn man die Nachrichten aus der ganzen Welt mitbekommt, ohne dass man dafür über der Zeitung sitzen muss", erwiderte Mathias, eigentlich froh darüber, dass er die mehr als 80 Medaillen der Deutschen, die ihm schon auf der Zunge lagen, nicht erwähnt hat.

„Das Olympiastadion in Berlin muss schon ein beeindruckendes Bauwerk sein", hielt der Major mit seiner Meinung nicht hinterm Berg. „Mit diesem Reichskanzler scheint es den Deutschen wieder besser zu gehen."

„Sie haben vollkommen recht. Man spürt sogar bei uns im Banat, dass sich dort drüben etwas tut, nur ist es halt so, dass bei uns eher der politische als der wirtschaftliche Einfluss zu spüren ist", warf Mathias sein Wissen in die Waagschale, bemüht ja keine Fehler zu machen, wo er sich doch der Gesinnung seines Gegenübers nicht ganz sicher war. „Wissen Sie, ich bin zwar ein überzeugter Deutscher und auch der Meinung, dass nur ein geistig labiler Mensch nicht zu seinem Volk steht ... das gilt natürlich auch für die Menschen anderer Völker ... aber wenn ich daran denke, dass jetzt, ja gerade um diese Uhrzeit, unsere Tigernachbarschaft draußen im Jagdwald ihr Waldfest feiert und ein Drittel der Familien heuer nicht teilnimmt, weil die anderen... noch in der Mehrzahl... ja, ich sage bewusst ‚noch' ... es ablehnen, der Erneuerungsbewegung beizutreten ... mit dem Hitlergruß ... dem ausgestreckten Arm ... Sie wissen schon ... und alles was dazu gehört ... Na ich weiß nicht ... Da bin ich nicht so glücklich drüber ... Ich meine, ich habe ja nichts gegen diesen Hitler, aber ... ja, ich meine halt, unser Grüß Gott ... wie wir uns schon immer gegrüßt haben ... ja, das ist doch nicht schlecht."

Unsicher blickte Mathias über sein Glas in das Gesicht seines Gesprächspartners und hoffte, mit seiner für jene Zeit konservativen Weltanschauung Zustimmung zu erfahren. Schon die folgenden Worte des Majors ließen ihn aber noch vorsichtiger werden.

„Mathias, das sind alles nur Äußerlichkeiten. Die Botschaft ist doch wichtig, die diese Erneuerer verkünden. Die ist eben Zucht und Ordnung; und gerade die schätzen wir anderen Nationen so an euch. Also, ich bin sicher, dass Ihr euer Waldfest im nächsten Jahr wieder alle zusammen feiern werdet."

„Es wäre gut ... ja, es wird bestimmt auch so sein ... "

Mathias verspürte ein ungutes Gefühl in der Magengegend und traute sich nicht, das Thema weiter zu vertiefen. Er wusste, dass seine Politkkenntnisse viel zu kümmerlich waren, um es mit diesem bestimmt auch Hintergrundinformationen besitzenden Offizier aufnehmen zu können. Darum war er froh, als sie schnell wieder zum Thema Sport fanden. Es war auch wesentlich angenehmer, bei dem immer besser werdenden Marienfelder über Rapids Fußballsiege gegen die starken Gegner aus Bukarest und Arad zu plaudern.

4

Die schlimmste Not war zwar vorbei und auch die Tante in Tarutino schien aus dem Gröbsten heraus zu sein, aber von einem sorgenfreien Alltag oder gar Wohlstand konnte bei den Brunmayers in der Tigergasse noch lange nicht die Rede sein. Ruhtraud war beruhigt, dass die Lebensmittelpäckchen, die sie und Hulda nach Bessarabien geschickt hatten, angekommen waren.

Die vielen Spenden, die seit dem „Tag der bessarabischen Nothilfe" eingegangen waren, schienen die große Hungersnot doch etwas gelindert zu haben. Tante Gertrude ließ ihre Nichten im Banat wissen, dass sie nicht an ein Auswandern denke, da Sascha eine Ukrainerin geheiratet habe und schon zwei Kinder da seien. Bisher stand aber in keinem von Tante Gertrudes Briefen etwas von einer Heirat.

Mathias hatte diese Nachricht vor einigen Tagen nach Hause gebracht. Er war am Bahnhof gewesen, als Bessarabiendeutsche, unter ihnen auch einige Tarutinoer, eingetroffen waren. Diese Menschen hofften alle, im Banat Arbeit und Brot zu finden.

- - -

Eine freundliche Herbstsonne lachte über Temeswar. Ruhtraud hatte das Mittagessen etwas später zum Kochen auf den Vesta-Sparherd gestellt, weil sie wusste, dass ihre Schwiegermutter, die auf dem Heuplatz fratschelte*, vorbeikommen würde. Sie kam immer nur dann, wenn Jakob Brunmayer nicht in der Stadt war, und sie tat es gegen seinen Willen, aber wahrscheinlich nicht ohne sein Wissen, denn es konnte über so viele Jahre auch ihm nicht verborgen geblieben sein, was in Jarmath längst kein Geheimnis mehr war, nämlich, dass seine Frau, Bertha Brunmayer, ihre „zwei" Kinder, wie sie in seiner Abwesenheit immer betonte, so oft wie möglich besuchte.

Jakob Brunmayer hat die schlichte Wohnung im Hinterhof der Tigergasse nie betreten und würde sie auch nie betreten. Was aber noch viel schlimmer war und selbst den moralischsten Jarmathern – die stets auf der Seite des alten Brunmayer standen – ungeheuerlich vorkam, war, dass er seinen Sohn und dessen Familie seit jenem für ihn so unheilvollen Junitag des Jahres 1929 nicht mehr, oder besser gesagt, noch nicht gesehen hatte.

Es war schon halb zwei, als Bertha durch die Toreinfahrt kam. Ruhtraud eilte ihr entgegen und nahm ihr das mit Gemüse und Obst gefüllte Körbchen ab.

Berthas erste Aufmerksamkeit galt natürlich wie immer dem lebhaften Inhalt der Wiege. Stephan saß mürrisch am Tisch, weil er durch das verspätete Mittagessen voraussichtlich den Anschluss an seine Bande für diesen Tag verpasst hatte. Die Mutter brachte Verständnis dafür auf. Das drückten ihre ausgeglichenen, Ruhe ausstrahlenden Gesichtszüge aus. Sie wusste, dass die über die Wiege gebeugte Oma und der böse dreinguckende Enkel sich ganz gerne mochten. Heute wird es aber wohl kaum zu einem angeregten Plausch über das jüngste Fohlen im Stall des Brunmayer-Hofes draußen in Jarmath kommen. Das war Ruhtraud klar, als sie die dampfende Suppenschüssel auf den Tisch stellte.

Während Bertha ihre Suppe löffelte, betrachtete ihre Schwiegertochter sie mit besorgten Blicken aus den Augenwinkeln. Bertha war noch immer schwäbisch gekleidet und hatte ihr Kopftuch schon wie die älteren Frauen gestärkt und zu einer steifen Spitze über der Stirn gebunden. Sie sah mit ihren 44 Jahren aus wie eine Sechzigjährige. Und sie nahm das Kopftuch auch bei Tisch nicht ab.

„Mutter, wann wollt Ihr Euch endlich herrisch machen?", fragte Ruhtraud die eben ihren Löffel niederlegende Bäuerin.

Bertha hob den Kopf. Ihr Blick verriet ihre Traurigkeit.

Dieser Blick kam von weit, aus dem großen, schwarzen Kopftuch, aus einer von Konventionen geprägten Welt. Das Tuch gab nichts von ihrem Kopf frei. Nur das Gesicht bekam Luft und Sonnenstrahlen und Wind und Regen und Schnee zu spüren. Es war verwittert, von Falten durchfurcht. Du musst mir diesen Hurensohn ersetzen, überall, im Stall und auf dem Feld, hatte Jakob Brunmayer, damals, vor sieben Jahren getobt, und er meinte es ernst, furchtbar ernst. Bertha hat das Martyrium auf sich genommen, weil sie vor dem Altar ewige Treue geschworen hat.

„Man muss ja nicht immer zu den Ersten gehören", antwortete die sichtlich niedergeschlagene Frau. „Und was macht es schon aus, ob man herrisch oder schwäbisch gekleidet ist?"

Ruhtraud spürte, dass ihrer Schwiegermutter etwas auf der Seele lag und sie keine Lust für belanglose Plaudereien hatte.

„Mutter, hat er Euch wieder geschlagen? Kommt doch endlich zu uns. Mathias hat so viele Freunde hier in der Fabrikstadt. Wir finden bestimmt bald eine kleine Wohnung für Euch, bei uns in der Nähe. Bis dann könntet Ihr hier in der Küche schlafen."

„Nein, Ruhtraud, ich kann nicht. So etwas hat in Jarmath noch niemand gemacht ... außer dir und Mathias."

„Aber das ist doch nicht dasselbe."

„Die Leute erzählen noch heute davon, obwohl es die TALLER-APOTHEKE schon seit fünf Jahren nicht mehr gibt."

„Lasst sie doch erzählen, Mutter. Die jüngeren Leute im Dorf kennen uns doch gar nicht."

„Aber die alten, die werden das nie vergessen, und besonders euer Vater. Der kommt überhaupt nicht mehr nüchtern nach Hause. Seine Zechkumpane machen ihn bei der Bleichin* noch ganz verrückt. Ich habe ihn auf Knien angefleht, es nicht zu tun ... Aber er hat mich nicht erhört ... Er hat geschrien wie ein Verrückter und am Montag hat er es doch getan, obzwar ich ihm gedroht habe, mich umzubringen.

Aber das interessiert ihn überhaupt nicht."

„Was hat er getan? Warum denkt Ihr ans Sterben? Ihr habt doch uns und Eure Enkelkinder."

„Er hat ein Testament gemacht und Mathias enterbt. Nichts soll er bekommen, gar nichts. Die Volksgemeinschaft soll alles erben. Das ganze Dorf erzählt nur noch von uns. Stolz hat er den Dankesbrief dieses Rittmeisters* seinen Saufbrüdern bei der Bleichin vorgelesen. Heute Morgen hat mich Müller Peter auf dem Platz gefragt, ob mein Jakob jetzt ein Nationalsozialist sei, wo er doch immer über die Sozialisten geschimpft habe. Ich weiß gar nicht, was das alles bedeutet und habe nur Angst, Tag und Nacht."

Bertha schien untröstlich zu sein und Ruhtraud spürte nach einigen Minuten der Ratlosigkeit Erleichterung, als sie meinte, doch noch die richtige Antwort gefunden zu haben:

„Grämt Euch nicht so, Mutter. Mathias weiß das alles schon und es macht ihm nichts aus. Wir haben unser Auskommen. Bloß um Euch machen wir uns Sorgen und es wäre uns lieber, wenn Ihr gleich bei uns bleiben würdet."

Diese Worte schienen die geplagte Frau doch etwas beruhigt zu haben, denn sie aß einen Hähnchenschlegel und eine Kartoffel mit ein wenig Knoblauchsoße.

„Wo ist denn der Stephan hin?", fragte sie, schon merklich gefasster.

„Ja, was denkt Ihr, dass der Zeit hat, hier zu warten, bis wir fertig gegessen haben? Habt Ihr vorhin diesen Pfiff durch die Finger nicht gehört? Auf den hat der Kerl schon die ganze Zeit gewartet. Es wundert mich, dass der heute so spät kam. Ich glaube gar, die wissen da draußen von dem Besuch der Jarmath-Oma und erklären sich damit die Verspätung ihres kleinsten, aber anscheinend wichtigsten Bandenmitglieds."

Jetzt konnte Bertha Brunmayer sogar wieder lächeln. Während sie ihren Stuhl zur Wiege zog und ihre Schwiegertochter das Geschirr abwusch, begann sie über belanglose Dorfangelegenheiten zu plaudern, die Ruhtraud zwar nicht sonderlich interessierten, ihr aber immerhin lieber als die bedrückenden Familienangelegenheiten waren.

Die Renovierung der Kirche sei endlich abgeschlossen, erzählte Bertha. Das ganze Jahr über wurde von einem Erntedankfest gesprochen, zustande kam aber wieder keins; dabei war das vor zwei Jahren doch so schön gewesen. Bei der Fahnenweihe des Deutsch-Katholischen Männergesangvereins war die Frau des Apothekers Ferling Fahnenmutter, in einem wunderschönen blauen Kostüm aus teurem, englischem Stoff. Ja, und... die Kilzer Leni und ihr Bruder hätten geheiratet. Es soll eine schöne Doppelhochzeit gewesen sein und der Kreuter hat bei dieser Gelegenheit zum ersten Mal mit seinen jungen Musikanten im Dorf gespielt, was einen Nachbarn der Kilzer-Familie so geärgert haben soll, dass er nachts keinen einzigen Lei in den Musikantenteller gelegt hat.

5

Nasskalt war das Wetter am Donnerstag, dem 26. September 1940. Als Ruhtraud am Nachmittag in die Tigergasse einbog, lag die wie ausgestorben vor ihr. Nur die alte Frau Szabo war in Richtung Türkischer Kaiser unterwegs. Sie erwiderte freundlich Ruhtrauds Gruß und eilte weiter.

Die Menschen waren nicht mehr so gesprächig wie vor Jahren. Ein die Gemüter bedrückender Dunstkreis lag über der Stadt. Die Legionäre hätten die Macht ergriffen, hatte Ruhtraud schon vor zehn Tagen im Hause Ardelean erfahren und der Major sprach viel von Război*. Er kommentierte oft ausführlich die politische Lage und zeigte sich meist besorgt.

Auf den letzten Metern bis zur vertrauten Toreinfahrt dachte Ruhtraud an ihren Mathias. Der war alles andere als begeistert von dem, was sich in Europa abspielte. Wenn er abends von der Arbeit kam, war er in letzter Zeit immer sehr ernst und nur der lieblichen Susanne gelang es, seine Miene etwas zu erheitern.

Ruhtraud öffnete mit der rechten Hand das schwere Portal, zog die etwas störrische Susanne – sie hatte das Mädchen mit bei den Ardeleans, bei denen donnerstags immer Bügeln auf dem Haushaltsplan stand – mit der Linken in die dunkle und muffig riechende Einfuhr und ging wie gewohnt an den Briefkasten, um die BANATER DEUTSCHE ZEITUNG herauszuholen. Sie öffnete das Blechtürchen und auf der Zeitung lagen gleich zwei Briefe.

Ruhtraud hatte es plötzlich sehr eilig. Sie zog der Kleinen das Regenmäntelchen und die Gummistiefelchen aus, legte ihr die Puppe und das niedliche Küchenspielzeug aus Blech auf das Sofa, setzte sich an den Tisch und öffnete zuerst den Brief aus Tarutino.

Meine liebe kleine Ruhtraud,
ich schreibe Dir diesen Brief, damit Du Dir keine unnötigen Sorgen um uns machst. Alle Deutschen gehen nach Deutschland, heim ins Reich, sagen die Leute. Ich kann auch gehen, aber Sascha und seine Familie müssen bleiben, weil er kein reiner Deutscher mehr ist und seine Kinder überhaupt keine Deutschen sind, hat der Gauleiter mir auf dem Amt gesagt. Meine liebe kleine Ruhtraud, ich habe geweint und meine zwei Enkelinnen haben auch geweint, so wie du auch immer geweint hast, damals, als Du noch mein Kind warst, hier, zu Hause, und ich in meiner Not oft geweint habe. Ich bleibe mit Sascha und seiner Frau Aksinja und meinen zwei lieben Mädchen, Katharina und Ludmila, in Tarutino. Was soll ich mit meinen 65 Jahren noch in der weiten Welt suchen? Vielleicht ruft der liebe Gott mich sowieso bald zu sich. Ich spüre oft ein Brennen im Unterleib, wie Feuer. Das Bild von Dir und Deinem Mann und Deinen lieben Kindern hat Sascha eingerahmt und über meinem Bett aufgehängt.
Meine liebe kleine Ruhtraud, ich habe auch Hulda geschrieben, dass ich in unserem Tarutino bleibe. So lange ich kann, werde ich auch das Grab Eurer Eltern pflegen und Aksinja hat mir versprochen, es auch weiter zu pflegen, wenn ich mal gestorben bin. Ich hätte gerne auch Eurer großen Schwester Emilie geschrieben, aber ich habe schon viele, viele Jahre nichts mehr von ihr gehört.

Meine liebe kleine Ruhtraud, ich würde dich so gerne noch einmal in meine Arme schließen. Schreibe mir bitte, ob auch du nach Deutschland gehst. Dann werden wir noch viel weiter auseinander sein. Aber Gott ist gut und wenn er will, werden wir uns irgendwann wiedersehen.
Meine liebe kleine Ruhtraud, ich schließe Dich und Deine Familie jeden Abend in mein Gebet ein.
Deine Tante Gertrude

Ehrfurchtsvoll legte Ruhtraud den Brief auf den Tisch. Sie hob den Blick und schaute durch einen Tränenschleier in die Unendlichkeit der Steppe ... und sie spürte den Wind ... und sah einen Friedhof ... und weiße Häuser ... und weiße Zäune aus Mauerwerk ... und sie sah Tante Gertrude... und Sascha... und Emilie ... und wieder, immer wieder die Steppe, sich grenzenlos dem Himmel hingebend ... und sie durchschritt diese Steppe ... immer weiter und weiter. Eine tiefe, aufwühlende Sehnsucht tobte in ihrem Inneren und die Tränen rannen, heiß und erlösend.

Das war ein zweiter und endgültiger Abschied von allem, was ihr in der Kindheit lieb und teuer war, und sie war dankbar, ihn mutterseelenallein – Susanne war mit ihrer Puppe im Arm eingeschlafen – bewältigen zu können. Erst als der Gefühlssturm sich gelegt hatte und die Tränenflut versiegt war, griff sie nach dem zweiten Kuvert und öffnete es. Der Brief war von Hulda und enthielt nur wenige Zeilen.

Warjasch, 1. Oktober 1940
Liebe Ruhtraud, Mathias und Kinder,
Peter und ich siedeln um nach Deutschland. Alle Deutschen, die aus Bessarabien stammen, können umsiedeln. Hast du schon ein Schreiben von der Deutschen Volksgruppe bekommen? Peter und ich kommen am 13. Oktober zur Eröffnungsfeier des Winterhilfswerks nach Temeswar. Dann können wir alles besprechen.
Eure Hulda und Peter

6

Mathias legte den Zwiemantel* auf die Arbeitsbank und wischte sich den Schweiß von der Stirn. ‚Warum plage ich mich überhaupt noch ab? Das ist doch alles sinnlos geworden.' Mit diesen Gedanken griff er nach seiner Tasche und verließ wortlos die Werkstatt, um sich im Hof hinter einem großen Fass einen schattigen und vor allem ruhigen Platz zu suchen. Die anderen zwei bei APPELTAUER beschäftigten Fassbindergesellen, Köstling Hans aus Bogarosch und Pataky Laszlo aus Fratelia, wollten ihre Mittagspause auf dem nahen Marktplatz verbringen, und die drei Lehrlinge, ein Deutscher und zwei Rumänen, verließen auch lärmend den Hof durch das hohe Torgewölbe.

Es war schon sehr warm für diese ersten Junitage. Über die Dächer drang das rege Stadtleben wie ein unsterbliches Summen in den Hof. Mathias saß auf einem kleinen Stapel kurzer Bretterabfälle, mit dem Rücken an ein Fass gelehnt, die Augen geschlossen.

Er hatte keinen Hunger. Zu groß waren seine Sorgen um die Kinder und Ruhtraud. Was sollte mit ihnen geschehen, wenn er nicht mehr da ist? Es wird Krieg geben, auch hier in Rumänien, das spürte er. Seine Einberufung hatte er schon vor einer Woche für übermorgen bekommen.

Zweimal konnte er bereits eine solche umgehen. Ruhtraud hatte jedes Mal bei Frau Ardelean um Hilfe gebeten und der Major hatte immer etwas unternommen. Jetzt war er aber nicht mehr da. Schon Anfang Mai wurde er mit seiner Einheit in die Moldau verlegt. Irgendetwas lag in der Luft.

Der Krieg kam immer näher. Er war schon in Jugoslawien und in Griechenland. Und er brachte nichts Gutes. Selbst dort forderte er Opfer, wo seine dreckige Fratze noch gar nicht zu erkennen war. Toni Potye lag in einem Wiener Krankenhaus. Beide Beine sollen ihm amputiert worden sein. Er war in Botoşani beim Aufbau riesiger Wehrmachtslager beschäftigt.

Wozu? So nahe an der sowjetischen Grenze! Toni soll angeblich von der Treppe eines überfüllten Zuges gefallen sein. Viele von Mathias' Kameraden und auch drei Gesellen von APPELTAUER wurden schon eingezogen. Jetzt muss auch er sich bei seiner Einheit melden.

Mein letzter Tag, sinnierte Mathias Brunmayer vor sich hin, ohne sein Essen auszupacken. Wer weiß, ob ich irgendwann wieder hier arbeiten werde. Ich sollte morgen hinaus nach Jarmath fahren und mich verabschieden. Aber den Alten will ich nicht sehen!

Mathias war sehr betrübt. Es war ihm schon vor einigen Tagen zu Ohren gekommen, dass sein Vater weiter den großen Nationalsozialisten im Dorf spielt und ihn, seinen eigenen Sohn, überall als Feigling und Verräter, der sich schon zweimal dem Einrücken entzogen hat, brandmarkt.

Eine schwache Hoffnung, dass Ruhtraud und die Kinder Aufnahme in Jarmath finden würden, wenn er mal im Krieg sei, hatte er immer gehegt. Die war jetzt dahin, der letzte Strohhalm geknickt.

Aber Mutter wird Ruhtraud nicht im Stich lassen. Sie wird auch weiterhin mit ihrem Körbchen kommen, ja wahrscheinlich sogar noch öfter als bisher. Das Geld von Familie Ardelean reicht auf jeden Fall für die Miete.

Mathias hatte jetzt doch zu essen begonnen und mit jedem Bissen kam auch ein wenig Zuversicht zurück: Vielleicht ist vieles nur Gerücht. Hitler hat doch schon alles, was er will, und mit Stalin ist er sich auch einig. Diese Konzentrierungen sind halt Vorsichtsmaßnahmen und müssen daher gar nicht allzu lange dauern.

Mathias fühlte sich etwas erleichtert und fiel in einen wohltuenden Schlummer, der immerhin anhielt, bis Köstling Hans ihn mit einem sanften Stoß an die Schulter aufweckte und ihm eine Schnapsflasche vor der Nase hin und her schwenkte.

„Wenn du gedacht hast, wir werden deinen Ausstand allein begießen, dann hast du dich getäuscht. Wir machen das schön gemeinsam. Der Meister ist heute Nachmittag sowieso nicht da, der hat sich doch schon am Morgen von dir verabschiedet, und die Lehrbuben trinken auch mit, also werden sie den Mund halten müssen. Übrigens kann dir das doch egal sein, ob der Appeltauer etwas erfährt oder nicht."

Das war für den sonst so wortkargen Bogaroscher eine rhetorische Höchstleistung und Mathias, der den beiden Geld gegeben hatte, damit sie auf seinen Abschied ein Gläschen trinken sollten, lächelte verständlich, wohl wissend, dass der mit allen Wassern gewaschene Laszlo hinter der Sache steckte.

Es war dann auch so, dass an jenem Nachmittag nicht besonders viele Späne flogen. Die Breitbeile und Hobel wurden kaum benutzt. Die Flasche aber kreiste fleißig und da auch die Lehrbuben nicht zu den Schüchternsten gehörten, war sie bald leer. Der Meister schien wirklich außer Haus zu sein. Darum entschloss sich der schon viel gelöster und sorgenfreier wirkende Mathias, noch eine Flasche Țuică* zu spendieren.

Natürlich verließ man bei Feierabend den Arbeitsplatz in bester Laune. Die drei Lehrlinge erzählten etwas von einem Kinobesuch, schüttelten Mathias die Hand und verschwanden im Torbogen, während Pataky Laszlo die Werkstatt absperrte und den Schlüssel in den Briefkasten neben dem Treppenaufgang zu den Privaträumen der Familie Appeltauer warf. Als der Torflügel ins Schloss fiel, sagte Laszlo zu Mathias:

„Wenn du es nicht sehr eilig hast, könnten wir zusammen in Richtung Innenstadt spazieren." Und zu Köstling gewandt: „Hans kommst du auch mit?"

„Nein, danke, ich muss zum Bahnhof. Der Zug wartet nicht auf mich."

Mathias versuchte, sich auszureden: „Ich bin mit dem Fahrrad da und für dich ist das doch ein weiter Umweg."

Laszlo gab nicht auf: „Dein Fahrrad schiebst du eben und wie ich nach Fratelia komme, lass nur meine Sorge sein."

Mathias ließ sich überreden und nachdem Köstling Hans ihm alles Gute und eine baldige Rückkehr gewünscht hatte, schlenderten die zwei Fassbindergesellen durch die, um diese fortgeschrittene Nachmittagszeit sehr belebte Josefstadt.

Das Gespräch der beiden Männer - Pataky war etwas älter als Brunmayer - drehte sich um belanglose und meist arbeitsplatzbezogene Dinge. Pataky, der neben seiner ungarischen Muttersprache auch sehr gut Deutsch und Rumänisch sprach, war ein heiterer, lebensfroher Geselle und verstand es auch, schon mal über die Stränge zu springen. Mathias fühlte sich jetzt in seiner Gesellschaft ausgesprochen wohl. Die Alltagssorgen waren zwar nicht ganz aus seinem Kopf gewichen, aber dank des Schnapses lange nicht mehr so dominierend und vor allem nicht so bedrückend wie am Morgen.

Die zwei ließen sich Zeit und genossen das Spazieren. Laszlo grüßte dauernd irgendeinen Bekannten, rief mal dem einen, mal dem anderen Vorbeigehenden etwas zu, und als er sich kurz mit einem Zigeuner unterhielt, war selbst Mathias, der bisher geglaubt hatte, alle Sprachkünste seines Kollegen zu kennen, überrascht.

„Wie wäre es mit einem Bierchen?", fragte Laszlo, als sie an der Maria ankamen und die Straßenbahn in Richtung Lahovaryplatz soeben abgefahren war.

„Nein, vielen Dank, heute brauche ich keinen Alkohol mehr."

„Mensch, Mathias, ich will noch einen ausgeben... In den Kasernen fließt bei den Rumänen kein Bier, soweit ich informiert bin."

„Meine Frau wartet auf mich. Ich habe noch nicht mal meinen Koffer gepackt und morgen wird bestimmt meine Mutter vorbeikommen. Dann will ich fertig sein, um noch einige ruhige Stunden mit den Meinen zu verbringen."

„Deine Frau wird es dir bestimmt nachsehen, wenn du an deinem letzten Arbeitstag mit einem Kollege ein Bier trinken gehst. Komm, wir gehen bis zur Schari-Neni. Ich spendiere ein Paprikás*. Das ist genau das Richtige auf den Schnaps. Und das Bier schmeckt dir dann bestimmt auch."

„Gut, aber es darf nicht spät dabei werden."

- - -

Das wurde es dann aber doch, denn es war draußen längst schon finster geworden, als die ebenso schöne wie geheimnisvolle Lola Monea, die blonde Zigeunersängerin, die seit Monaten in der Stadt ob ihrer betörenden Ausstrahlung für die wildesten Gerüchte sorgte, sich auf Einladung Laszlos, er war hier Stammgast, an ihren Tisch im hintersten Winkel der Gaststube kam. Ihre Lieder von Liebe und Zärtlichkeit und die wehmutsgeschwängerten Melodien der Zigeunerkapelle hatten auch Mathias längst in einen realitätsfernen Wahrnehmungszustand versetzt. Je weiter der Abend fortgeschritten war, desto öfter waren sich die Blicke der durch den ganzen Raum schwebenden und vor provozierender Weiblichkeit strotzenden Frau und des einunddreißigjährigen gut aussehenden Mannes begegnet.

Laszlo und Mathias waren soeben zu einem teuren Cognac übergegangen, den auch die Sängerin nicht ablehnte, und ehe Mathias sich versah, saß er allein mit der Frau am Tisch, allein im Lokal, in dem nur noch eine, ihre, Tischlampe brannte. ... Und sie redeten miteinander, so als ob sie sich schon ewig gekannt hätten. Irgendwann hatten sich auch ihre Hände gefunden.

Die Lust des Fleisches führte über eine knarrende Holztreppe. Mathias Brunmayer, geboren 1910, in Jarmath, enterbter Sohn eines reichen Bauern, sank in den Parfümduft eines sich öffnenden Kleides, in die sich ihm entgegenwölbenden Brüste, in die wie eine Meereswelle herabströmende Haarpracht und schließlich in den sich ihm – einem von allen guten Geistern verlassenen Mannsbild – öffnenden Schoß ...

Die Turmuhr der Elisabethstädter Kirche schlug dreimal und riss Mathias aus einem kurzen, aber tiefen Schlaf. Das Fenster stand offen und der Mond ließ den schlaftrunkenen Mann seine Umgebung schemenhaft erkennen. Er lag in einem durchwühlten Doppelbett eines fremden Zimmers ... Und er war splitternackt. Noch nie in seinem Leben hatte er nackt geschlafen, auch nicht mit seiner Frau.

Mein Gott! ... Ruhtraud! ... Diese blonde Zigeunerin! Wo

bin ich hier?
Er richtete sich verstört auf. Nur langsam, sehr langsam kamen die Erinnerungen: Pataky, das Paprikasch bei der Schari-Neni, das Bier und der Cognac, die Musik und immer wieder diese Blicke aus dem schönsten aller Frauengesichter, und ihre betörenden Lieder, dann diese Flüsterstimme an seinem Ohr, diese Hände, dieser Körper, dieses Gleiten in ein anderes, verschwommenes Sein ...

Mechanisch, vergeblich versuchend das Chaos in seinem Kopf einigermaßen zu ordnen, zog er sich an, tastete sich zur Tür, durch einen dunklen Korridor, über eine Steintreppe abwärts. Auch diese Tür ließ sich öffnen. Er stand im Hof, wach vor Angst um Frau und Kinder und mit einem schwer belasteten Gewissen. Sein Fahrrad lehnte noch immer an dem alten Nussbaum. Er stieg mühsam auf und fuhr in Richtung Bischofsbrücke durch die Nacht.

Nur der Mond hätte das Vorgefallene bezeugen können. Aber der schwieg beharrlich, wie man es von ihm gewohnt ist, und registrierte lediglich auch dieses Geheimnis, als eines der vielen Wunder, die seinem verführerischen Schein Nacht für Nacht entspringen.

7

Krieg, Krieg, Krieg. Die Welt stand in Flammen und die Tränen der Mütter, Kinder und Bräute konnten sie nicht löschen.

Frühling lag in der Luft, doch der Winter verharrte in den Herzen. In die kleine Wohnung in der Tigergasse war er schon am 9. September des vergangenen Jahres mit brutaler Gewalt eingedrungen.

Der Kirchendiener war damals gekommen und hatte Ruhtraud zum Herrn Pfarrer in die Milleniumskirche bestellt. Der hatte ihr dann mit tröstenden Worten, in denen von einem Willen Gottes die Rede war, eine Postkarte mit folgendem Inhalt ausgehändigt:

Hochwürdigstes Pfarramt,
da mir nähere Angaben über Eltern und Wohnhaus fehlen,
wende ich mich an das w. Pfarramt. Bitte, die Angehörigen
des Soldaten Mathias Brunmayer, 5. Jäger-Reg., aus der 1.
Division des 6. Armeekorps dahin zu verständigen, dass
Mathias Brunmayer am 21. August in den Kämpfen bei Af-
ganereav, 60 km westlich von Stalingrad, durch zwei Ma-
genschüsse verwundet wurde. Genannter ist am 22. August,
in den Morgenstunden, nach Empfang der Sakramente, ge-
storben und wurde im Heldenfriedhof der Gemeinde Schu-
towa 1 von mir am 22. August begraben.
Josef Potenz, Militärseelsorger

Als Ruhtraud Brunmayer heute kurz nach Mittag einen Brief aus ihrem Postkasten nahm, verkrampfte sich ihr Herz beim ersten Blick auf die Absenderadresse: *Josef Potenz, preot*, Caransebes, parohia rom. cat.**

Jetzt lag der Inhalt der Briefsendung vor ihr und ein kalter Schauer hatte sie ergriffen. Ihre zitternden Finger streichelten ein Foto, ihr Familienfoto, rechts unten mit Blut befleckt, mit dem Blut ihres geliebten Mannes, ihres toten Mathias.

Daneben lag ein zweites Foto: elf Särge in zwei Reihen, aus rohen Brettern gezimmert, vor einem Lattenzaun, an dem ein Holzkreuz angelehnt war, im Hintergrund, auf Erdhaufen sitzende Männer (keine Militärs) und zwei Frauen, vom zweiten Sarg vorne rechts, ein schräg nach dem rechten oberen Bildrand gezogener Tintenstrich auf den Hinweis †Brunmayer.

Ruhtrauds Blicke hetzten von einem Foto zum anderen und ihre Finger kreisten unentwegt über ihnen, nur ab und zu auf dem Blutfleck ruhend. Tonlos bewegten sich dabei ihre Lippen. Dann las sie, wieder und wieder:

Geehrte Frau Brunmayer,
ich sende Ihnen diesen Brief, zwei Fotoaufnahmen und eine
Skizze von dem Gebiete, wo im August 1942 das rumänische
6. Armeekorps kämpfte. Die Aufnahme wurde von mir kurz

vor dem Begräbnis gemacht und ist somit die einzige und allerletzte Erinnerung von Ihrem verstorbenen Mann. Das Familienfoto hielt Ihr Mann in seiner rechten Hand, als Kameraden ihn in einer kurzen Feuerpause zum Sanitätswagen brachten.
An der Eisenbahnlinie Rostov, über Salsk, Proletarskaja, Kotelnikov, nach Stalingrad, liegt die Gemeinde Schutowa Nr. 1. Sie ist ungefähr 75 km von der großen Gemeinde Kotelnikov, russisch „Kotelnikovsky", entfernt. Der Friedhof ist mitten in der Gemeinde, neben der Landstraße. Im Friedhof sind genau 101 rumänische Soldaten begraben, davon drei Volksdeutsche, und zwar: Altmann, Brunmayer und Scherer aus Temeschburg.
Mit herzlichem Gruß, Josef Potenz, Kaplan, Karansebesch, 1943 II. 25.

Ruhtrauds Klagen blieb silbenlos. Nur sie bewohnte noch das traute Heim in der Tigergasse. Der schon dreizehnjährige Stephan und die siebenjährige Susanne waren seit Neujahr in Jarmath. Ruhtrauds Schwiegervater, Jakob Brunmayer, hatte endlich nachgegeben. Man sagt, auf Drängen des Pfarrers. Das verdorbene Luder werde er aber nicht füttern, soll er wütend sogar dem verdutzten Priester an den Kopf geschleudert haben. Ruhtraud hatte das auf dem Heuplatz von einer Jarmatherin, die auch im Winter mit Eier und Speck fratschelte, erfahren. Es berührte sie aber nicht mehr sonderlich. Sie war dankbar, dass die Kinder nicht hungern mussten, auch wenn sie, Ruhtraud, oft glaubte, vor lauter Sehnsucht - besonders nach dem Mädchen – sterben zu müssen. Die Kinder waren bei ihrer tapferen Schwiegermutter aber in besten Händen. Das, und nur das, zählte. Stephan konnte auch in Jarmath zur Schule gehen.

Ruhtraud war nach dem Tod ihres Mannes schnell gealtert. Die Sorgen um die Kinder haben sie Tag und Nacht begleitet. Das Geld, das sie für die Haushaltsarbeit bei Frau Ardelean verdiente, reichte vorn und hinten nicht. Und jetzt kam noch die Einsamkeit hinzu. Ruhtraud sprach tagelang kein einziges Wort. Mit wem auch, und worüber? Über ihren Schmerz? Jeder hatte davon genug. Da gelüstete es keinen nach den Problemen anderer, und es beruhigte nicht, dass auch dieser oder jener Bekannte gefallen oder Invalide war. Nein, der eigene Verlust war untröstlich und er trieb Ruhtraud in die mal schmerzlich, mal angenehm empfundene Isolation.

Auch bei den Ardeleans war längst das große Jammern ausgebrochen. Die Beförderung ihres Mannes zum Oberst konnte Frau Ardelean in keiner Weise beruhigen. Die Briefe von der Front trafen in immer größeren Abständen ein. Zu allem Unglück war auch der junge Leutnant Mircea Ardelean seit etwa zwei Wochen an der Ostfront.

Aus Tarutino fehlte seit anderthalb Jahren jede Nachricht und die zwei Briefe, die Hulda aus dem Warthegau geschrieben hatte, strotzten auch nicht gerade vor Zuversicht. Im letzten schrieb sie, dass Peter eingezogen worden sei und an die Front musste. Seither sind aber auch schon zehn Monate vergangen.

- - -

Ruhtraud saß lange, sehr lange regungslos am Tisch in der Küche. Sie glaubte, bewusst zu erleben, wie so viel von dem, was sie bisher als ihr Leben empfand, sich von ihr entfernte, sich zurückzog in eine ungreifbare Gegenstandslosigkeit, und doch wieder zurückkehrte, um in ihrer Seele für alle Ewigkeit einen Platz der Unsterblichkeit zu beanspruchen. Die von Schicksalslast gebeugte Frau spürte, dass sie an einem Scheideweg stand: Hier waren die geliebten Menschen von gestern und dort, in Jarmath, die geliebten Kinder und die hochgeschätzte Schwiegermutter.

Ich werde sie immer in mir tragen, alle Tarutinoer, und Hulda, und Emilie... und Mathias.

Dann endlich fanden die ersten Tränen ihren Weg über Ruhtrauds Wangen und flossen immer reichlicher, allen erdrückenden, unaussprechbaren Schmerz der sich nach Leben sehnenden Welt zuführend. Ein ziemlich ungepflegter Kopf hob sich, sah sich um und merkte zum ersten Mal seit

Monaten das Durcheinander, den Unrat, das ungewaschene Geschirr.

Ruhtrauds Schultern strafften sich. Sie stand auf, ging zur Waschschüssel, goss kaltes Wasser hinein und wusch sich die Tränen aus dem Gesicht.

8

Der Sommer war heiß und jedes Opfer für Führer, Volk und Vaterland schwächte die heimatliche Schnitterkraft. Nur die Großeltern, die Mütter und die Enkel waren noch da. Aber das genügte, um die 44er-Ernte zu retten.

Ruhtraud hatte ihren Stephan seit gut vier Monaten nicht mehr gesehen. Er arbeite wie ein Mann auf dem Feld und auf dem Hof, hat ihre Schwiegermutter immer wieder beteuert und Ruhtraud davon abgehalten, ihrem Verlangen nach dem Buben nachhaltiger Ausdruck zu verleihen.

Heute, Sonntag, sollte er endlich kommen. Susanne war wie immer schon seit Freitag in der Wohnung in der Tigergasse. Ruhtraud hatte eine Hühnersuppe mit Reis, als zweiten Gang gekochtes Schweinefleisch mit Kartoffeln und Weichselsoße zubereitet und für den Nachtisch Krapfen mit Aprikosenleckwar gefüllt.

Zum ersten Mal sollte Stephan heute allein kommen. Sonntags fuhr nur ein Zug auf der Radnaer Strecke in die Stadt. Um 10.00 Uhr hatte er in Jarmath Abfahrt.

Ruhtraud pendelte mit vorgebundener Brustschürze und aufgekrempelten Ärmeln zwischen Küchentisch und Ofen hin und her. Ihr Blick fiel immer wieder auf die Pendeluhr. Jetzt steigt er ein ..., jetzt hält der Zug im Überländer Bahnhof ..., jetzt ist er im Fabrikstädter Bahnhof, wird auf die Straßenbahn warten, am Trajanplatz umsteigen, oder vielleicht kommt er von dort zu Fuß.

Um elf Uhr hielt sie es nicht mehr aus. Sie legte ihre Schürze ab und eilte auf die Straße und ... ihr Herz schnürte sich zusammen. Er kam strammen Schrittes, erhobenen Hauptes, mit einer tadellosen Scheitelfrisur, in schwarzen

Halbschuhen, weißen Kniestrümpfen, schwarzer kurzer Hose, gesichert mit einem schwarzen Soldatengürtel, ein braunes, trotz der Sommerhitze zugeknöpftes Hemd mit Schulterklappen und eine schwarze Krawatte tragend, daher. Spontan machte Ruhtraud einen Schritt auf ihren Stephan zu. Es blieb bei dem einen, denn sie hielt plötzlich wie gelähmt in ihrer Bewegung inne.

Er war fünf Schritte vor ihr, sein rechter Arm schnellte nach vorn, die Finger waren aneinander gepresst, sein Blick war stählern, männlich, hatte seine abenteuerliche, stets auf Bubenstreiche ausgerichtete Unruhe verloren, drückte Entschlossenheit, Siegeswille – mein Gott, fuhr es Ruhtraud durchs Hirn –, Härte aus. Nur die Stimme klang noch knabenhaft: „Heil Hitler, Mutter!"

„Grüß Gott, Stephan. Endlich bist du da, und gewachsen bist du in den..."

Ruhtrauds Bemerkung blieb unbeendet und auch unbeantwortet. Stephan schritt stolz an ihr vorbei in den Hof und grüßte den sich sichtlich geehrt fühlenden alten Nachbarn Petermann genauso deutsch wie seine Mutter. Susanne war von dem Auftritt ihres Bruders nicht sonderlich beeindruckt. Sie kannte diese sonntäglichen Uniformprotzereien, ohne allerdings etwas davon zu verstehen.

Ruhtraud war konsterniert. Natürlich waren auch ihr die DJ-Aktivitäten hier in Temeswar nicht entgangen, aber dass jetzt auch ihr Stephan so aus Jarmath kam ... Es war weniger die Kleidung, als vielmehr das Benehmen des Jungen, das sie so erschreckt hat. Das lockere Plaudern von früher war vorbei. Stephan artikulierte kurze, präzise Sätze. Der bisher so unruhige, oft sogar drollige, unausstehliche Bub saß so kerzengerade und regungslos am Tisch, als wäre seine Wirbelsäule eine Stange ... Unfassbar!

Das Mittagessen war fast wortlos verlaufen. Als Ruhtraud sich anschickte, den Tisch abzuräumen, sagte Stephan mit fester Stimme:

„Mutter, wenn ich wieder komme, könnt Ihr ruhig einen Liter Wein daheim haben. Deutsche Männer trinken auf ein deutsches Mittagessen einen deutschen Wein."

„Aber Stephan, du bist doch erst 14 Jahre alt."

„Großvater sagt, man reift in diesen Zeiten viel früher zum Manne. Der Führer wartet auf uns. Er braucht uns, um diese russischen Unmenschen endlich zu besiegen."

„Du solltest dich nicht zu viel um solche Sachen kümmern."

„Wenn Ihr unsere Sache meint, so irrt Ihr Euch, Mutter. Ihr Frauen versteht halt nicht viel vom Krieg. Wenn unser Ortsgruppenführer Täler zur Waffen-SS geht, werde ich sein Nachfolger."

„Stephan, dein Vater ist gefallen. Wofür? Was hat uns das gebracht? Schmerz und Trauer, sonst nichts!"

„Er hatte Pech. Die Rumänen sind schlechte Soldaten. Hätte er schon damals zur Waffen-SS einrücken können, dann würde er heute noch leben."

„Wer sagt den so etwas?"

Ruhtraud hatte sich wieder an den Tisch gesetzt. Zwischen ihr und Stephan türmten sich die puderzuckerweißen Krapfen. Über dem Sonntagsgebäck sahen sich zwei Augenpaare direkt an. Die Mutter war bemüht, dem hellblauen, kalten, fremden Blick ihres Sohnes standzuhalten.

„Großvater", antwortete Stephan, ohne einen Augenblick zu zögern.

„Dein Großvater war nicht im Krieg."

„Er war im Ersten Weltkrieg und ist als Held zurückgekehrt. Ich habe sein Deutsches Eisernes Kreuz mit der Krone gesehen."

„Das hier ist ein anderer Krieg. Siehst du nicht, wie viele junge Männer schon gefallen sind?"

„Eben darum muss unsere Deutsche Jugend noch besser ausgebildet werden. Der Führer braucht Soldaten, die schon zu Frontkämpfern erzogen wurden. Nur so kann er den Raum, den unser Volk benötigt, auch wirklich erobern."

„Erobern? Stephan, Oberst Ardelean war die vorige Woche für zwei Tage daheim. Ich habe gehört, wie er mit seiner Frau im Flüsterton über den Krieg sprach. Es steht gar nicht so gut um die deutsche Front."

„Der ist ein Verräter. Großvater hat das von diesem Ardelean schon immer gesagt. Wo deutsche Soldaten im Osten kämpfen, ist der Russe verloren. Nur wo die Rumänen und Ungarn davonlaufen, durchbricht er unsere Linien. Aber wir werden die V1 und V2 einsetzen. Dann brauchen wir diese feigen Verbündeten nicht mehr."

„Um Gottes Willen, Stephan! Was sollen diese Worte? Wie redest du da?" Ruhtrauds Stimme zitterte und verriet plötzlich große Unsicherheit, ja sogar Angst.

„Wie ein deutscher Mann", hörte sie die Antwort ihres Jungen.

Diese Kinderstimme schien aus unendlicher Ferne zu kommen. Ruhtraud aber wollte nicht aufgeben, noch nicht...

„Stephan, du bist noch ein Kind."

„Das war ich, solange ich hier, unter diesem Gesindel gelebt habe. In einem deutschen Dorf sieht die Welt ganz anders aus. Da herrscht Ordnung und Zucht, und die Jugend ist viel reifer als hier, in diesem Zigeunerviertel."

„Welches Gesindel, welche Zigeuner? Das sind doch deine Freunde hier. Sie werden gleich draußen pfeifen. Ich habe Traian gestern erzählt, dass du heute kommst, und er war außer sich vor Freude. Sie treffen sich heute Nachmittag beim Roßmann und kommen dich rufen."

„Ich habe keine Zeit für diese verlotterten Kerle. Um drei Uhr findet auf dem Rapid-Sportplatz eine DJ-Feier statt. Dort muss ich hin. Ich werde dann heute Abend mit unserem Ortsgruppenführer auf dem Motorrad nach Hause fahren."

„Nach Hause?" Ruhtraud bemühte sich, ihre Tränen zu unterdrücken.

„Natürlich nach Hause. Und übrigens, ich will den Namen Roßmann nicht mehr hören."

„Stephan, Viktor ist dein Freund."

„Der ist ein Jude, nicht mein Freund."

„Ich verbiete dir, solche Worte in diesem Haus auszusprechen. Du bist mein Sohn und noch nicht zu alt, um auf deine Mutter zu hören. So lange du hier ein und aus gehst, verlange ich von dir, dass du die Menschen, die hier mit uns leben, achtest."

Stephan hatte sich bei diesem heftigen Wortausbruch seiner Mutter erhoben.

„Ich werde jetzt gehen, Mutter. Großmutter wird morgen vorbeikommen und Susi wieder mit nach Jarmath nehmen. Sie will, dass Schwester auch über den Sommer draußen bleibt. Ihr hattet doch schon zweimal Fliegeralarm. Es wird Zeit, dass wir diesen Engländern und Amerikanern endlich mal zeigen, wo's lang geht."

„Wann wirst du wieder kommen?"

„Das weiß ich jetzt nicht. In Jarmath warten große Aufgaben auf mich. Heil Hitler!"

Dann war er weg. Ruhtraud stand versteinert da und Susanne verstand die Welt nicht mehr. Mutter hatte sich so auf Stephan gefreut, und jetzt ... Und wieso hatte Stephan zu Mutter immer Ihr und nie du gesagt? Früher hat er doch immer du gesagt.

- - - -

IV

Eiszeit

1

Der Kontrast konnte nicht krasser sein. Neben dem großen, von Wohlstand strotzenden Brunmayer-Hof stand noch das einzige Siedlerhaus des Dorfes, das bisher von jeglichem Fortschritt ignoriert wurde. Der seit Jahren bettlegerische Michael Rübel lebte mit seiner immer ängstlichen Frau Elisabeth und der achtzehnjährigen Tochter Barbara, die alle nur Bawi riefen, in dem strohgedeckten Häuschen.

Man erzählte sich im Dorf, die Besitzverhältnisse dieses Anwesens mit dem kleinen Garten wären nicht einwandfrei geklärt und das Haus sei im Grundbuch des Jakob Brunmayer zu suchen. Das wiederum hätte die verarmte Kleinhäuslerfamilie in die Abhängigkeit zum Großbauern getrieben, was dann schließlich als Ursache für Michael Rübels Krankheitsbild, das vom Arzt nie eindeutig definiert wurde, herhalten musste.

Michael hatte die Zudecke bis unter die Augen gezogen. Sein kurzer, fieberhafter Atem erwärmte so den vom Schüttelfrost gebeutelten, abgemagerten Körper.

Elisabeth stand am Ofen und rührte in einem kleinen Topf. Wie jeden Tag kochte sie ihrem Mann zu Mittag eine Suppe. Nur einmal im Monat gab es an einem der Sonntage auch Fleisch.

Obwohl es noch nicht mittaggeläutet hatte, war es in dem niedrigen Zimmer, das die Rübels zum Wohnen, Schlafen und Kochen benutzten, fast dunkel. Das Einzige, was einem Menschen in dem düsteren Raum wohl behagen konnte, war die Ofenwärme, denn draußen war es schneidig kalt an diesem Sonntagvormittag, dem 14. Januar 1945.

Elisabeth Rübel war soeben aus dem Hochamt gekommen. Sie trug eine verzehrende Angst in sich. Das unnötige Herumrühren mit dem Kochlöffel in der Suppe verschaffte ihr keine Erleichterung. Sie musste es Michael erzählen, das wusste sie. Die Sorgen schnürten ihr aber die Kehle zu und ihrem Mann schien es gerade heute schlecht zu gehen. Er hat sonst immer gefragt, was es im Dorf so an Neuigkeiten gab, heute lugten aber nur seine geröteten Augen unter der Decke hervor und er schien völlig teilnahmslos zu sein.

Die Stille beherrschte das sehr ärmlich möblierte Zimmer. Elisabeth war in den baufälligen Holzschuppen gegangen, um einen Arm voll Brennholz zu holen und hatte die Tür, die auf einen offenen, sich entlang der Hofseite hinziehenden, überdachten Gang führte, einen Spalt breit offen gelassen. Einzelne Glockenlaute drangen wie aus einer Harmonie entflohene Tonbrüche an Michael Rübels Ohr und als Elisabeth mit dem Holz zurückkam, fand sie ihren Mann aufrecht im Bett sitzen.

Er ließ sich kaum Zeit, bis seine Frau das Holz in die Kiste unter dem Kochherd legte, um mit schwacher Stimme seiner Unruhe Luft zu verschaffen:

„Hast du das auch gehört? Das waren doch mehrere Glocken. Hat es ausgeläutet? Ist jemand gestorben?"

Elisabeth richtete sich auf. Ihre Bewegungen waren langsam. Wie in Zeitlupe sahen die folgenden Abläufe aus. Sie ging aufs Bett zu, nötigte ihren Mann sachte zurück auf das flache Kissen und setzte sich auf den Bettrand. Dann eröffnete sie ihm mit zögerlicher Stimme:

„Der Pfarrer hat für den Küchler Hans gebetet. Ein Gendarm hat ihn heute Morgen nach der Frühmesse in seinem Hof erschossen, weil er nicht mitgehen wollte. Es heißt, die Leute werden nach Russland verschleppt."

„Bawi", stammelte der Mann kaum hörbar, als er das vernommen hatte, „wenn die unsere Bawi finden... sie werden sie erschießen."

„Im Unterdorf haben sie zwei alte Leute mitgenommen, weil ihre Kinder sich versteckt haben", erzählte Elisabeth weiter, die jetzt der Meinung war, dass es besser wäre, wenn ihr Mann die volle Wahrheit erfahre.

Auf Michael Rübels Stirn traten kalte Schweißtropfen, aus

noch unbegründeter Angst, wie seine nach Beschwichtigung trachtende Frau meinte. Auf ein Mädchen würden die Gendarmen nicht schießen, versuchte sie ihm klarzumachen. Michael atmete stoßweise und in seinem Gesicht hatte sich eine kalkweiße Blässe breitgemacht. Nur mit schwerer Mühe brachte er ein paar Worte hervor:

„Du, du ... du musst Bawi ... Bawi zurückbringen. Die holen dich ... dich ... die Gendarmen ... sie erschießen ... mein ... meine Bawi ... und ... ich ... Horch ... da ... im Hof ..."

Elisabeth war aufgesprungen. Die Tür ging auf und eine Frau, eingehüllt in einem schwarzen Schultertuch, das auch ihr Gesicht verdeckte, trat ein. Es war Bertha Brunmayer.

Sie hatte einen Teller mit ofenfrischen Salzkipfeln in der einen Hand. Mit der freien Hand ihr Schultertuch auf die Schultern gleiten lassend und gleichzeitig den Teller mit der Sonntagsgabe auf den Tisch stellend, grüßte sie kurz und kam gleich zur Sache:

„Lissi, hast du schon gehört, was passiert ist?"

„Ja, ich war in der Kirche. Wir müssen Bawi zurückholen. Wenn die sie in der Stadt finden... und wir müssen mit... Der Michl hält das alles nicht mehr aus."

„Ruhtraud würde eure Bawi schon noch länger versteckt halten, aber auch in der Stadt werden die arbeitsfähigen Deutschen zusammengetrieben und man weiß ja nie..."

„Nein, Bertha, das braucht sie nicht mehr. Du musst mit unserer Bawi reden. Sie kann nicht dort bleiben. Sie gefährdet auch Ruhtraud und sogar euch, wenn die Gendarmerie erfährt, dass ihr verwandt seid."

„Weißt du, Lissi, mir tut es so leid, aber ..."

„Ja, ich weiß schon, Bertha. Es war ja so gut gemeint von dir und Ruhtraud, aber wenn sie Bawi finden, sind wir alle verloren. Fahr bitte morgen früh mit dem ersten Zug zu Ruhtraud und erzähle Bawi alles, was im Dorf vorgefallen ist. Es müssen doch alle jungen Leute gehen und es soll ja nicht so lange dauern. Wir werden es schon durchstehen, bis sie zurückkommt, und es wird bis dahin auch mit Michl wieder aufwärts gehen. Nicht wahr, Michl? ... Schau, Bertha hat uns wieder warme Salzkipfel ... Michl, Michl!!"

Elisabeth schrie den Namen ihres Mannes verzweifelt in den Raum. Aber Michael Rübel hörte nicht mehr. Er lag abgemagert, mit weit aufgerissenen Augen, halb offenem Mund und Todesschweiß auf der Stirn, leblos in seinem Bett, dessen rechteckiger Holzrahmen seit vielen Monaten für ihn die physische Grenze zur restlichen Welt war.

2

Die Meigl Kathi rief kurz nach dem Mittagläuten über den Tennenzaun: „Margreth, Margreth, host schun gheert?"

Ihre Nachbarin, die Weinberger Margreth, füllte gerade eine alte Schüssel mit Wasser für die Hühner. Sie richtete sich auf, kam an den Zaun und fragte:

„Was denn? Es hat ausgeläutet. Soll wieder jemand in Russland gestorben sein, jetzt so kurz vor dem Heimkommen?"

„Nein, der Brunmayer ist gestorben."

„Was, der Brunmayer Jakob? Unmöglich! Der ist doch erst 58 Jahre alt. Und man hat noch nie etwas von einer Krankheit gehört."

„Der Schlag hat ihn heute Morgen getroffen, als er seine Kühe und Pferde abführen musste."

„Es ist schon schlimm, was diese Kommunisten unseren Leuten alles antun. Aber wenigstens die Bertha ist jetzt erlöst. Die hat ja genug in letzter Zeit unter dem Saufbold gelitten."

„Schon, schon, aber allein wird sie es nicht leichter haben. Das Feld haben sie ihnen doch schon weggenommen. Von was soll sie jetzt leben? Die kann auf keinen Fall mehr in die Stadt arbeiten gehen. Sie ist so alt wie ich, eine Zweiundneunzige. Wir waren in einer Klasse. Bertha war das schönste Mädchen im Dorf und ihre Eltern meinten halt, der reichste Bauer wäre gerade gut genug für sie."

„Von ihrem Enkel, dem Stephan, hört man ja auch nichts Gutes. Er soll auf seinen Großvater rauskommen und gerne trinken. Dabei wollte der Brunmayer aus ihm mal einen großen Mann machen."

„Hat der überhaupt einen Beruf gelernt?"

„Nein. Der Jakob Brunmayer hatte schon Pech mit seinem Sohn. Der hat damals wenigstens etwas Anständiges gelernt und eine Familie ernährt, aber der da, der hat außer der Feldarbeit noch nichts gemacht, und mit der kommt er nicht weit. Was der Brunmayer mit dem Bub bloß hier wollte? Sein Feld hatte er doch schon lange an die Deutsche Volksgruppe vermacht. Jetzt haben es halt die Rumänen und nicht die Deutschen."

„Die Hausgärten wollen sie uns aber lassen, hört man."

„Ja, das habe ich auch gehört."

„Was da noch alles kommt?! Wenn nur die Leute mal alle aus Russland daheim sind, dass die Kinder ihre Eltern wieder haben. Über drei Jahre sind unser Hans und seine Frau Kathi jetzt schon in Kriwoi Rog im Lager."

„Nächste Woche soll ja wieder ein Transport kommen, wird erzählt. Wir haben auch schon seit Monaten kein Schreiben mehr bekommen. Mein Joschka macht sich so viele Sorgen um unser Lissje*, dass er ständig krank ist."

„Jetzt ist in Russland auch Sommer. Hoffentlich sind sie bis zum nächsten Winter wieder alle da. Es sind sowieso schon viel zu viele von unseren Leuten dort gestorben."

„Ja, man soll die Hoffnung nie aufgeben. Gehst du heute Abend vielleicht zur Totenwache?"

„Natürlich", sagte die Meigl Kathi, „das bin ich der Bertha schon schuldig. Ich war zuvor am Trappolds-Brunnen Wasser holen. Die Straß Mrian hat erzählt, dass sie ihn morgen schon begraben wollen, wegen der Hitze. Der geht doch über, wenn sie ihn zwei Tage und zwei Nächte liegen lassen."

- - -

Die Bahre stand in der Guten Stube, am Fußende der zwei von den Brunmayers nie benutzten Betten, so dass Jakob Brunmayers entseelter Körper jetzt quer zu den Ruhestätten lag. Am Kopfende des Sarges brannten zwei Ständerkerzen.

Am Fußende stand auf einem kleinen, runden Tischchen ein Gefäß mit Weihwasser und einem Sprengel mit kunstfertig gedrechseltem Griff.

An der aus Sicht der eintretenden Trauergäste rechten Zimmerseite saßen vor einem mit schwarzem Tuch verhangenen Spiegel drei in Schwarz gekleidete Frauen. Der Freiraum zwischen der Bahre und den drei Frauen – es waren Bertha Brunmayer, Jakobs Schwester und Elisabeth Rübel, die gar nicht dorthin gehörte, wie jemand im Nebenzimmer meinte – ermöglichte es den Spritzenden, den Toten vom Kopf bis zu den Sohlen zu segnen und gleichzeitig einen verstohlenen Blick auf die drei Frauengestalten zu werfen.

In diesem Zimmer herrschte Stille, Totenstille. Nur die andächtigen Schritte der Ein- und Austretenden waren zu vernehmen. Die drei Frauen neben der Bahre hielten weiße Taschentücher in den Händen, die sie ab und zu an Mund und Nase und seltener auch in Augennähe führten. Uneingeweihte hätten sich wahrscheinlich gefragt warum, denn Tränen flossen keine. Eingeweihte wussten, dass es sich so gehörte bei anständig Trauernden.

Im Zimmer nebenan, dem Schlafzimmer der Brunmayers, saßen etwa zehn schwarz gekleidete Frauen. In diesem Raum war ein leises Raunen zu vernehmen. Die Frauen unterhielten sich im Flüsterton.

Man muss wissen, dass alle benachbarten Räume dieses Hauses mit Türen verbunden waren. In der Regel konnte man ein Bauernhaus durchschreiten, ohne einen Umweg über den meist offenen Gang nehmen zu müssen. Während einer Totenwache standen gewöhnlich alle Innentüren des Hauses offen.

Im Hause Brunmayer blieben aber beide Türen zum zweiten Zimmer hinter der Guten Stube an diesem Abend verschlossen. Dieser Raum war seit Mathias Brunmayers Weggang unbewohnt geblieben. Nichts war darin verändert worden. In einer Ecke stand sogar noch Mathias' Koffer mit Schulbüchern.

In der folgenden Wohnkammer hielten die Männer Totenwache. Es standen Weinflaschen auf dem Tisch und Stephan trug Sorge, dass keiner der Mannsleute, die seinem Großvater die letzte Ehre erwiesen, dursten musste. Sein Auftreten strahlte Selbstvertrauen aus und niemand zweifelte, wer wohl der nächste Herr in diesem Hause sein werde.

Die näheren Verwandten und Freunde blieben länger, einige bis Mitternacht, während die anderen Leute nach zirka einer Stunde wieder gingen. So herrschte in dem Haus bis in die späten Abendstunden ein reges Kommen und Gehen.

Auch Meigl Kathi und Weinberger Margreth waren gekommen. Nachdem sie den Leichnam besprizt hatten, fanden sie im Nebenzimmer zwei leere Stühle und setzten sich zu den anderen Frauen.

„Der sieht ja so gut aus. Findest du nicht auch, Kathi? Man meint, der Jakob würde schlafen", wandte sich eine Stuhlnachbarin an die soeben Angekommene.

„Ja, der Mann hat das alles nicht verkraften können. Er war doch nie krank gewesen. Wenn einen der Schlag trifft, dann hat er wenigstens einen schönen Tod. Er muss halt nicht leiden."

Eine andere Frau beugte sich zu den zwei vor und mischte sich, ebenfalls im Flüsterton, ein: „Die Bertha ist erlöst. Sie hatte ja auch nicht gerade den Himmel auf Erden mit dem Jakob."

Das Familienleben der Brunmayers wurde in dieser Trauergemeinschaft bis in die intimsten bekannt gewordenen und angedichteten Details durchleuchtet, aber immer mit der nötigen, perfekt geheuchelten Pietät, die jede Wortmeldung in ein gleichlautendes Bedauern münden ließ: Die arme Bertha.

„Ihre Schwiegertochter ist aber nicht gekommen", sagte Meigl Kathi so beiläufig, ihre Neugierde, der eigentliche Grund ihres Hierseins, geschickt mit einem tiefen Seufzer tarnend.

„Sie kommt angeblich morgen zum Begräbnis", wusste eine der Frauen. „Jetzt könnte die Bertha sie doch zu sich nehmen. Die zwei sollen ja gut miteinander auskommen. Nur

der Jakob war so verrückt und wollte nichts von ihr wissen."
„Dafür hat er aber den Stephan genommen."
„Und was hat er aus ihm gemacht?"
„Pst, net so hart! Mer sin doch uf der Todewacht."
Eine etwas jüngere Frau ließ sich vor und sagte so leise, dass selbst sie ihre Worte kaum hören konnte: „Net vill."
Zwei Zimmer weiter musste niemand zum leisen Sprechen ermahnt werden. Der abgeschlossene Zwischenraum ließ die Stimmen der Männer nicht bis zu dem Aufgebahrten dringen. In dieser Runde wurden das bäuerliche Schaffen und das politische Engagement des Verstorbenen, besonders seine reichsdeutsche Gesinnung, in Erinnerung gerufen. Dabei kam so mancher, der schon länger verweilte und dem Stephan öfter eingeschenkt hatte, auch gelegentlich vom Thema ab. Sogar derbe Witze wurden mit fortgeschrittener Stunde zum Besten gegeben.
Es wäre Jakob Brunmayer auch nicht recht geschehen, hätten die Männer hier schweigsam und alkoholfrei herumgesessen, weilte er doch sein Lebtag gerne in weinseligen Runden, und das bestimmt nie als Leisetreter.

3

1953 war ein armes Jahr, ein viel zu trockenes Jahr, um aus den neun Joch Feld das Nötigste für den Lebensunterhalt der drei Brunmayer-Frauen sprießen zu lassen. Das Feld, das Ruhtraud vom rumänischen Staat als Entschädigung für ihren gefallenen Mann bekommen hatte, lag auf dem Jarmather Hottar, weil sie gleich nach dem Tod ihres Schwiegervaters mit ihrer damals dreizehnjährigen Tochter in das stattliche Bauernhaus in der Karlsgasse gezogen war. Es war Berthas Wunsch gewesen und Ruhtraud hatte keinen Augenblick gezögert, ihn zu erfüllen. Die Entscheidung war insofern richtig, als die gemeinsamen Einkommensquellen der zwei Frauen ihnen trotz der allgemeinen Not nach dem Krieg ein lebenswürdiges Dasein sicherten. Obwohl ihr ganzes Feld und zum Großteil auch die bäuerlichen Gerätschaften enteignet wurden, hatte Bertha den großen Hausgarten, ein Pferd und einen Leiterwagen behalten dürfen. Dazu kamen Ruhtrauds neun Joch Feld und eine Kriegswitwenrente von 300 Lei im Monat. Zweimal in der Woche fuhr Ruhtraud auch noch zu Familie Ardelean und konnte so die Haushaltskasse vor gänzlicher Leere retten.

- - -

Der Morgen war kühl, aber hell, und es schien, ein goldener Herbsttag zu werden. Der etwas reparaturbedürftige Leiterwagen bewegte sich langsam auf dem ausgefahrenen Feldweg der Sonne entgegen. Auf dem Fahrersitz saß eine Frau in mittlerem Alter und hielt die Zügel locker in der Hand. „Hü, Bandi, hü", rief sie mit freundlicher Stimme dem knochigen Gaul zu, wenn der in seiner Alterslethargie in Gefahr geriet, das Gehen ganz zu vergessen. Neben ihr saß ein bildhübsches Mädchen, dem man die Lebensfreude aus den strahlenden Gesichtszügen ablesen konnte. Eine weiche Decke bedeckte die Knie der zwei Frauengestalten, um ihre Füße vor der taufrischen Morgenluft zu schützen. Hinter ihnen, im Schutz ihrer Körper, saß, ganz in eine Decke gehüllt und in sich zusammengesunken, eine ältere Frau. Der Wagenboden war mit einer dicken Strohschicht ausgepolstert. Eine schneeweiße Haarsträhne hing über der Schläfe der Frau, die mit geschlossenen Augen, unbeweglich dasaß.

Ruhtraud war mit ihrer Tochter Susanne und ihrer Schwiegermutter auf dem Weg in die Lukin. In diesem Flurstück hatten sie Mais angebaut, den es jetzt zu brechen galt.

Das Fuhrwerk hatte gerade den höchsten Punkt des Hügels passiert und rollte gemächlich, allerdings etwas schneller als bisher, ins Tal, als Ruhtrauds Blick unwillkürlich - wie immer, wenn sie hier vorbeikam - nach rechts, hinunter, dem Wasserlauf folgend, ins Tal fiel. Dort stand er noch immer, der Holunderstrauch. Er war alt und knorrig geworden, aber er war den Unbilden der Zeiten nicht gewichen. Ruhtraud hatte beim Durchqueren dieses Tales immer das Gefühl, der Strauch würde auf sie warten. Schon lange war in ihr der Wunsch gereift, ihn mal zu besuchen. Sie war aber nie allein auf diesem Weg.

So sah sie ihn, ihren Holunderstrauch, auch jetzt nur aus der Ferne und grüßte ihn stumm mit ihren verstohlenen Blicken. Mathias lag in verbrannter Erde, unendlich weit im Osten und Stephan lag auf dem Oberen Friedhof in einem versiegelten Blechsarg. Ein Jahr nach dem Tod seines Großvaters stand seine Bahre an gleicher Stelle in der Stube des Brunmayer-Hauses. Vier Soldaten hielten 24 Stunden Wache am Sarg und das ganze Dorf hatte ihn auf seinem letzten Weg begleitet. Niemand wusste genau, was in der südlich von Bukarest stationierten Arbeitseinheit dem seit sechs Monaten dienenden Soldaten Stephan Brunmayer wirklich widerfahren war. Die von einem Generalmajor unterzeichnete Sterbeurkunde bescheinigte den Hinterbliebenen einen Arbeitsunfall.

Ruhtraud aber kannte die Wahrheit. Mircea Ardelean war Hauptmann bei den Grenztruppen und hatte so lange mit aller höchster Vorsicht nachgefragt, bis er erfahren hatte, was in dieser Einheit, in der nur unzuverlässige Elemente vom Verbrecher bis zum deutschen Großbauernenkel dienten, vorgefallen war. Das schuldete er nicht nur Ruhtraud, die seit 20 Jahren den Haushalt seiner Eltern führte und sich in letzter Zeit viel mehr als üblich um seinen kranken Vater kümmerte, der nach fünf Jahren gesundheitlich schwer angeschlagen aus der russischen Gefangenschaft entlassen worden war und auch jetzt nur dank seines Sohnes von den herrschenden Kommunisten verschont blieb, sondern auch seinem kleinen Spielkameraden aus ihren gemeinsamen, sorgenlosen Kinderjahren. Er hatte Ruhtraud unter vier Augen das Gelübde abgenommen, seine wie Keulenschläge niederprallenden Worte mit ins Grab zu nehmen:

„Stephan a fost împuşcat de un pluton de execuţie.*... Er war betrunken und hat einen Unteroffizier mit dem Hitlergruß salutiert. Es gab keinen Prozess. Zur Zeit des Vorfalls weilten zwei russische Geheimdienstoffiziere und ein Politkommissar in der Kaserne. Der arme Junge hatte keine Chance."

Auch das lag jetzt schon drei Jahre zurück und nur er war noch da, der Holunderstrauch neben der Trauerweide am Bach.

- - -

Als das Fuhrwerk über die alte Steinbrücke polterte, brach Susanne das bisher dominierende Schweigen:

„Mutter, der Franz würde gerne mit mir am Kirchweihfest teilnehmen. Das Fest soll nächstes Jahr zum ersten Mal nach dem Krieg wieder mit Kirchweihpaaren gefeiert werden."

„Welcher Franz?"

„Der Hackmann Franz."

Ruhtraud dachte nach. Sie kannte die Leute im Dorf nicht alle nach deren Familiennamen, die selbst den alteingesessenen Dorfbewohnern nicht geläufig waren, zumal sehr viele Familien Spitznamen trugen. Doch sie glaubte, die Familie zu kennen, wenn es die Leute waren, die auch in der Lukin neun Joch Feld hatten. Zur Sicherheit fragte sie aber lieber noch einmal nach:

„Sind das die Leute mit dem Schimmel?"

„Ja, du hast doch schon mit der Frau draußen in der Lukin gesprochen", antwortete Susanne.

„Wie soll das gehen? Du brauchst Röcke, Hemd, Leibchen und Halstuch sowie eine geschlungene Schürze. Wo soll ich denn das Geld herholen? Wir sind froh, wenn der Bandi über Winter Mais in der Krippe hat."

Ruhtraud spürte, dass sie ihrer Tochter diesen Wunsch erfüllen musste. Nur so konnte das Mädchen in die Dorfgemeinschaft hineinwachsen, denn sie, Ruhtraud, würde sowieso immer nur die Herrische aus der Karlsgasse bleiben. Das wusste sie allzu gut, was nicht heißen sollte, dass es ihr etwas ausmachte. Zugleich keimte aber auch die Sorge in ihr, das Mädchen zu verlieren. Darum vergewisserte sie sich zum zweiten Mal:

„Hat dieser Franz noch eine Schwester?"

„Ja, die ist zwei Jahre älter als ich und arbeitet in der Schneiderei ÎMBRĂCĂMINTEA in der Josefstadt. Die Erna und ich könnten nächstes Jahr auch gemeinsam zur Arbeit fahren, wenn ich dort eine Lehrstelle bekommen würde."

„Ja, die musst du erst mal bekommen. Herr Ardelean hat mir versprochen, mit dem Direktor zu reden. Der soll ein Deutscher sein. Es wäre schon gut, wenn du einen Beruf erlernen würdest. Wenn wir in der Stadt geblieben wären... Wie alt ist denn dieser Franz?"

„Er wird jetzt im Dezember zwanzig."

„Wieso habe ich ihn aber noch nie auf dem Feld gesehen?"

„Doch, Franz hilft seinen Eltern öfter. Aber er hat Maurer gelernt und arbeitet halt tagsüber in der Stadt."

„Wenn er zwanzig ist, wird er nächstes Jahr wohl einrücken müssen."

„Ja, im Januar geht er vielleicht zum Militär."

„Wie will er dann am Kirchweihfest mitmachen? Und übrigens war er doch schon Rekrut."

Über Ruhtrauds Gesicht glitt ein verständnisvolles Lächeln. Sie glaubte, die Gefühle ihrer Tochter erkannt zu haben, zumal Susannes Wangen nicht nur vom Morgenwind gerötet waren. Die Augen des Mädchens glänzten und ihre Stimme hatte einen weichen, aber leidenschaftlichen Klang. Ruhtraud verspürte plötzlich eine ungewöhnliche Lust an diesem Spiel, dem Spiel mit den Geheimnissen ihrer Tochter, die sie längst durchschaut hatte. Und weil sie das Mädchen schon mal in der Sackgasse hatte, wollte sie es jetzt zu einem Geständnis drängen.

Susanne wusste sich aber mit einer plausiblen Erklärung zu wehren:

„Weil er ein später Dreiunddreißiger ist, war er mit den Vierunddreißigern in der Schule und würde auch mit diesen zur Kirchweih gehen. Es ist auch nicht sicher, dass er schon im Januar einrücken muss. Die Einberufung hat er ja noch nicht bekommen."

Ruhtraud meinte, ihrer Tochter jetzt näher auf den Leib rücken zu können. Es lag natürlich nichts Boshaftes in ihrer Absicht. Im Gegenteil, sie wollte es dem Mädchen so leicht wie möglich machen, ohne aber dabei auf ihr Spielchen mit dessen Gefühlen zu verzichten.

„Der Bursche scheint dich aber nicht nur für die Kirchweih gefragt zu haben. Du weißt ja eine Menge über den Jungen. Sag mal, bist du am Samstag auch bestimmt mit der Oma vom Traubenball nach Hause gekommen?"

„Die Oma war mit der Rübels Wess Liss* etwas früher nach Hause aufgebrochen. Ich dachte, sie hätte dir das schon gesagt."

Ruhtraud musste lachen. Sie schaute ihrem jetzt bis unter die Ohrläppchen erröteten Mädchen durch die Augen ins Herz. Susanne hielt diesem Blick nicht stand und ließ den Kopf ein wenig hängen. Ruhtraud griff ihr liebevoll unters Kinn und sagte:

„So hat also der Hackmann Franz dich nach Hause begleitet und weil er in der Stadt arbeitet, bist auch du jetzt so scharf auf eine Lehrstelle in Temeswar."

Es lag weder Strenge noch irgendein Hauch von Vorwurf in diesen Worten. Und doch glaubte Susanne, Schmerz aus der Stimme ihrer Mutter zu vernehmen, war dann aber überglücklich, als die nach einer Weile fortfuhr:

„Gut, warten wir's also ab. Wenn der Franz nicht einrücken muss..."

Das Gefährt hatte auch den dritten Hügel schon überwunden und die Sonne lachte den Frauen voll ins Gesicht. Susanne hatte ihren linken Arm unter Ruhtrauds rechten geschoben und ihr Kopf ruhte auf deren Schulter. Als sie ihre Gewanne erreichten, sahen sie in südöstlicher Richtung, fast am Ende des Feldweges einen Schimmel grasen.

„Die Hackmanns stehen früher auf als wir", sagte Ruhtraud zu ihrer Tochter, während sie den Bandi ausspannte und die Bertha-Oma, die von diesem Gespräch sehr wohl einiges mitbekommen hatte, ohne es sich allerdings anmerken zu lassen, das Maisbrechen schon in Angriff nahm.

4

Ruhtraud schlug die Augen auf. Es war erst fünf Uhr, aber der Morgen graute schon und versprach einen schönen Tag zu bringen, denn der Himmel war wolkenlos. Ruhtraud warf einen Blick durchs Fenster und tat, was sie sonst nie tat: Sie legte sich wieder in ihr Bett, in dem sie mit Mathias nie geschlafen hatte, und schloss die Augen. Nur ein paar Minuten, dachte sie sich. Diese morgendliche Ruhe an einem Tag, der ihr bestimmt viel Hektik bescheren werde, wollte sie als Stärkung für das Bevorstehende ganz bewusst genießen.

Susannes Hochzeitstag war wie die meisten Hochzeitstage nach dem Krieg ein Samstag und vor allem ein Tag, an dem die Dorfgemeinschaft ihr Zusammengehörigkeitsgefühl wieder, zwar unbewusst, aber dafür umso ehrlicher und vorbehaltloser, zur Schau tragen würde. Der Hochzeitszug wird mit Marschmusik durch die Straßen ziehen, versuchte Ruhtraud sich das Kommende schon vorzustellen, und die Hochzeitsgäste werden nach links und rechts ihren auf die Straße geeilten Bekannten und Verwandten zuwinken. So mancher freundliche, scherzhafte Zuruf wird zu hören sein. 40 Gäste sind geladen: die Verwandten der Hackmanns und der Brunmayers, Nachbarsleute beider Familien, Freunde und Freundinnen des Brautpaares... Und eine Münch ist auch dabei. Um Ruhtrauds Mundwinkel legte sich ein bitterer Zug. Was mag nur mit Tante Gertrude geschehen sein, und mit Sascha, und mit Emilie, und mit Hulda? Seit dem Krieg habe ich so viele Briefe geschrieben, doch keine Antwort ist gekommen, weder von Osten noch von Westen... Wenn wenigstens ein Mensch von meiner Seite hier wäre... Wie glücklich wäre Mathias und auch Stephan... Vielleicht hätte er sich doch noch geändert. Ja, das hätte er bestimmt, mein Stephan!

Der Schmerz über den Verlust der geliebten Menschen stellte sich auch an diesem Tag wieder ein. Die Zeit hatte aber auch bei Ruhtraud ihre Schuldigkeit getan und langsam, aber sicher machte sich doch Zuversicht breit. Susanne hatte ein viel innigeres Verhältnis zu ihr, als es die meisten ihrer Altersgenossinnen in den überbetont patriarchalischen Haushalten zu ihren Müttern hatten. Und Franz soll zu ihnen in die Karlsgasse kommen. Sie werden wieder einen Mann im

Haus haben und vieles wird für sie und ihre Schwiegermutter leichter werden. Auch Enkelkinder werden kommen. Natürlich! Der Franz soll ja ein tüchtiger Junge sein. Er hat meine Susanne sehr gern. Nur...

Ruhtraud gab sich einen Ruck, schlug die Decke zurück und stand auf. Sie wollte diesen Gedanken nicht fortsetzen, nicht heute, nicht an diesem Tag. Ihre Bewegungen waren hastig, als sie in die Kleider schlüpfte, so als könnte sie diesen quälenden Denkansatz verwischen. Vergeblich. Es ist doch auch völlig unbedeutend, versuchte sie, sich einzureden, ob die Ardeleans heute auf dieser Hochzeit sind oder nicht. Wer weiß, ob sie das überhaupt wollen. Aber der Franz, warum ist der auch so stur? Warum sollen sie nicht auf der Hochzeit sein? Ich werde ihnen am Montag Kuchen mitnehmen. Vielleicht bleibt sogar eine ganze Torte übrig. Nein, die haben bestimmt nicht auf eine Einladung gewartet. Sie würden sich unter lauter Deutschen gar nicht wohlfühlen. Ruhtraud versuchte mit stiller Verbissenheit ihr Unbehagen loszuwerden und wurde dabei mehr und mehr gewahr, wie sie sich sträflich selbst belog.

Zum Glück hörte sie jetzt draußen im Hof Geräusche und eilte hinaus. Ihre Schwiegermutter kehrte schon den Weg. Bei dem folgenden Frühstück besprachen die zwei Frauen, die das Schicksal so eng zusammengeschmiedet hatte, noch die letzten Einzelheiten für den bevorstehenden Freudentag.

- - -

Noch nicht mal ein Jahr war vergangen, seit Susanne ihre Liebe zu Franz der Mutter offenbart hatte, als an diesem heißen Augustsamstag ihr Hochzeitszug das wichtigste Tagesereignis in Jarmath werden sollte. Um Punkt zwölf Uhr hatte sich die große Mehrheit der Hochzeitsgäste im Hof des Bräutigams versammelt. Nach dem Ausrufen* formierte sich der Zug und zog im Gleichschritt zum Brauthaus. Franz führte mit seiner Schwester die Hochzeitsgäste an.

Als in der Karlsgasse die ersten fernen Marschklänge zu vernehmen waren, stand Susanne in einem schneeweißen Kleid, einen langen Schleier über der Schulter tragend, den zwei Mädchen vom Boden hochhielten, und mit einem wunderschönen Blumenstrauß in den Händen, in der vom sonnigen Tageslicht hellen und freundlichen Stube des Brunmayer-Hauses. Ihr Gesicht benötigte keine Schminke. Es war in seiner Reinheit eine Augenweide.

Ruhtraud tänzelte um das glückliche Mädchen herum, ernstlich besorgt, es könnte ja doch eine Falte nicht passen. Ihre Schwiegermutter war viel gelassener. Bertha Brunmayer verfolgte die Aufgeregtheit ihrer Enkelin und die Unruhe ihrer Schwiegertochter mit einem verständnisvollen Lächeln.

Als der Bräutigam die Stube betrat, stand er erst einmal jeglicher Sprache unfähig vor der weißen Fee. Man hatte es zu vermeiden verstanden, dass Franz weder Brautkleid noch Schleier bisher zu Gesicht bekam. Da jetzt aber alle Anwesenden den Raum verlassen hatten, war das Brautpaar für wenige Minuten allein. Franz sagte mit leiser, bebender Stimme:

„Du bist so schön. Wo hast du denn dieses Kleid her."

„Herr Vinyarski, mein Schneidermeister, hat das Material besorgt und die Müller-Näherin in der Hauptgasse hat es angefertigt."

Zu einem Kuss und zu weiteren Worten kam es nicht mehr, denn Susannes zukünftige Schwiegermutter kam in die Stube und erinnerte das Brautpaar an den Terminplan. Als das Paar dann in der Verandatür erschien, blies der Kapellmeister höchstpersönlich einen Tusch und das Stimmengewirr im Hof verstummte. Ein Mädchen wurde auf einen Schemel gehoben. Mit herzhafter Stimme trug es ein Gedicht vor, in dem vom Verlassen des Elternhauses und von den Pflichten des Ehelebens die Rede war. Die Verse, die das Kind selbst mit Sicherheit nicht verstand, schienen das Herz so mancher Frau erweicht zu haben, denn es wurden mit blütenweißen Taschentüchern Tränen getrocknet und Nasen geschnäuzt.

Die gebündelte Aufmerksamkeit der Karlsgässer galt an diesem Tag natürlich dem rundum frisch getünchten und angestrichenen Haus der Brunmayers und seinem freudigen

Ereignis. Dabei nahmen alle nicht nur geistig, sondern auch kulinarisch teil, reichten doch während der Abholzeremonie Frauen den zahlreichen Zaungästen, die sich auf der Straße vor dem Haus eingefunden hatten, Kleingebäck und Laibkuchen. Die Männer bekamen den Hochzeitswein zu kosten.

Dann marschierte die Hochzeitsgesellschaft durch die Hauptgasse in die Kirche. Die Trauung wurde vom Kaplan, einem hervorragenden Prediger, der die Frauen schnell zum Weinen bringen konnte, vollzogen. Nach dem Gottesdienst trug Susanne Ruhtrauds Ehering am Finger, denn für neue Ringe hatten die Haushaltskassen beider Hochzeitshäuser nach so vielen wichtigen Ausgaben nicht mehr gereicht. Ruhtraud hatte sich mit aller Mühe und schließlich mit Erfolg dagegen gesträubt, vom Tafelsilber der Familie für diesen Zweck etwas zu veräußern, wie ihre Schwiegermutter vorgeschlagen hatte. Es könnten noch schlimmere Zeiten kommen, hatte sie argumentiert. Dass Ruhtraud für diese Hochzeit eine schöne Summe Geld von den Ardeleans geborgt hatte, natürlich zins- und später zum Teil auch tilgungsfrei, hat die glückliche Braut nie erfahren.

- - -

Der gesellige Teil des Hochzeitsfestes ging im Wirtshaus PANNERT über die Bühne. Und zu dieser Zeit war auch eine der wichtigsten Fragen, die dieser Hochzeit vorausgegangen war, schon längst geklärt: Wer würde wohl Brautführer werden, wo der Bruder der Braut doch nicht mehr lebte und sie auch sonst keine ledigen Cousins mehr hatte? Die Jarmather konnten die unspektakuläre Lösung dieses Problems auf dem Weg des Hochzeitszuges zur Kirche erfahren. Ein Freund von Franz führte die Braut, und da nach altem Brauch auf dem Weg zum Wirtshaus Braut und Bräutigam endlich miteinander gehen durften und der Brautführer mit der Bräutigamführerin das erste Jugendpaar im Hochzeitszug bildeten, erzählte die Meigl Kathi der Weinberger Margreth am nächsten Tag in der Gassereih, sie habe gehört, die Hackmann Erna und der Wurmlinger Sepp wären ein Paar.

5

Freude und Leid lagen schon immer nahe beieinander. So auch in diesem Jahr im Hause Brunmayer in der Karlsgasse. Vor zwei Monaten wurde Bertha Brunmayer in dem mit Engelstatuetten verzierten und von zwei Rappen gezogenen Leichenwagen auf den Oberen Friedhof gefahren.

73 Jahre alt wurde die einst reichste, einsamste und oft auch unglücklichste Bäuerin Jarmaths. Aber wer wusste das heute, Mitte der sechziger Jahre, noch? Das Brunmayer-Anwesen hatte längst seine herausragende Stellung eingebüßt. Die vielen Neubauten und renovierten Häuser hatten es zu einem durchschnittlichen Dorfhaus werden lassen, in dem mehrere Generationen zusammen lebten und sich einiger Errungenschaften der neuen sozialistischen Zeit erfreuten.

Seit etwa drei Jahren gab es elektrischen Strom in fast jedem Haus und auch die letzten Familien hatten ihre neun Joch Feld unter massivem Druck der Behörde in den Besitz der Landwirtschaftlichen Produktionsgenossenschaft überführt. Damit war auch der Rest landwirtschaftlichen Schein-Grundbesitzes, für den es sowieso keine Grundbucheinträge gab, der dem Dorf aber trotzdem noch einen bäuerlichen Charakter verliehen hatte, Geschichte.

Die Alten wurden Landarbeiter und bearbeiteten, viele mit blutendem Herzen bis zu ihrem bitteren Ende, die Scholle, die von ihren Ururgroßvätern mit unsäglichen Opfern urbar gemacht wurde und jetzt ein sozialistisch verwaltetes Gemeingut war. Die Jungen blickten nach vorne, erlernten Handwerks- und Industrieberufe und fuhren täglich zur Arbeit auf die Temeswarer Baustellen und in die Fabriken.

Vor vielen Häusern im Dorf standen große Ziegelsteinhaufen. Es wurde viel an- und ausgebaut. Das typische Bauernanwesen mit Stall und Scheune hatte ausgedient. Das Stübchen, ein zur Gassenfront, neben der Guten Stube gelegenes Zimmer, kam in Mode.

Auch vor dem Brunmayer-Haus, in dem jetzt ein Hackmann das Sagen hatte, stand ein hoher, roter, in Hausform, also mit einer Spitze, gestapelter und mit Dachpappe gedeckter Steinhaufen. Franz Hackmann wollte noch in diesem Sommer ein Stübchen bauen, das Dach erneuern und ein Bad einbauen.

- - -

Die kleine Julia wird das sehr bedauern. Das wussten Franz und Susanne und sie dachten auch jetzt mit einem verständlichen Lächeln daran, als Susanne ihren Mann bat:

„Franz, schau mal nach Julia. Sie wird draußen wieder mit den Kindern Verstecken spielen. Ich habe das Essen gleich fertig. Wenn Mutter aus der Kirche kommt, können wir essen."

Die siebenjährige Julia Hackmann war ein sehr aufgewecktes, lebhaftes Mädchen. „Die hätt e Bu werre misse", sagte Ruhtraud oft, wenn sie in der sonntäglichen Frauenrunde vor einem der Häuser in der Karlsgasse über ihre Enkelin plauderte.

Das Mädchen konnte aber auch nervend stur sein. Und sie war auch heute nicht begeistert, als sie, hinter einem Steinhaufen kauernd, die Stimme ihres Vaters vernahm. Gerade jetzt, wo sie die Letzte war, die von dem suchenden Willi, ein Nachbarjunge, in ihrem Versteck noch nicht aufgespürt worden war, sollte sie aufgeben? Nein, nie und nimmer!

Die Stimme des Vaters wurde immer eindringlicher. Aber Julia gab nicht auf. Die anderen Kinder hatten sich schnell verzogen. Verraten wurde in der Karlsgasse niemand. Julia lugte vorsichtig hinter dem Steinhaufen, der vier Häuser weiter, zwischen Gehweg und Wassergraben stand, hervor. Ihr Vater kam langsam näher. Er schaute in jedes Gassentürchen, das noch nicht einem neu angebauten Stübchen weichen musste. Die Situation wurde für Julia bedrohlich. Angespannt sah sie sich um. Da, die rettende Idee: eine kleine Holzbrücke über den Wassergraben, die auch hier die Einfahrt in den Hof ermöglichte. Ein Sprung, und schon war Julia vom Erdboden verschwunden.

Was sie aber nicht sehen konnte, war das Nahen einer Frau von der anderen Straßenseite. Darum war sie auch zutiefst erschrocken, als sie plötzlich über sich die Stimme ihrer Ruhtraud-Oma vernahm: „Julia, du weißt doch, dass du heute Nachmittag zum Schulfest musst. Wer das Mittagessen versäumt, wird seine Buchprämie als beste Schülerin vielleicht auch verpassen."

Dann war wieder Ruhe. Julia wartete. Sie war unschlüssig. Wenn Oma sie jetzt verraten wird, ist eine Strafe fällig. Vater könnte ihr ein Hausarrest aufbrummen und ihr sogar die Teilnahme an der Jahresschlussfeier vermasseln. Seinem Jähzorn ist alles zuzutrauen. Sie bekomme auch einen Buchpreis, hat Frau Tassinger, ihre Lehrerin, schon verraten. Nur hat sie nicht gesagt welchen: den dritten, den zweiten oder gar den ersten? Sollte Oma vielleicht mehr wissen? Oder wollte die sie bloß aus ihrem Versteck locken?

Da stand viel, sehr viel auf dem Spiel. Ganz leise, wie ein Indianer kroch Julia unter der Brücke hervor, hob den Kopf über den Grabenrand und spähte die Straße auf und ab. Kein erwachsener Mensch war mehr zu sehen. Vater und Oma waren verschwunden und Willi saß tatenlos am Ausgangspunkt ihres Versteckspiels. Die anderen fünf Kinder waren wieder aufgetaucht und saßen um ihn herum. Er hatte die Suche nach Julia eingestellt und gestand damit seine Niederlage ein.

Siegesgewiss lief Julia zu der Gruppe, erntete ihre Lorbeeren und rannte dann schnurstracks nach Hause.

6

„Eins, zwei, drei, vier. Ja, so muss das klingen ... Nein, vor dem F steht ein Kreuz, also musst du auch Fis greifen ... Und jetzt wechseln: G-Bass ... Eins, zwei, drei, vier ... Immer schön den Takt halten ... Ja, gut so ... Prima volta, gleich wiederholen ... Nicht unterbrechen..."

Julia nahm alle ihre Kräfte zusammen, um nicht aufzuheulen. Sie hatte gerade heute, an einem so schönen Sommernachmittag wenig Lust zum Üben auf dem Akkordeon. Aber sie wusste auch, dass sie das jetzt durchstehen musste. Sie hat das Instrument zu ihrem zwölften Geburtstag bekommen, ein weißes Hohner-Akkordeon mit 72 Basstasten. Ihr Vater hat es von einer Familie gekauft, die nach Deutschland gefahren ist. Natürlich will sie gerne Akkordeon spielen lernen, aber gerade jetzt im Hochsommer...

Der Kapellmeister, Safer Vetter Hans,* kam jeden Freitagnachmittag ins Haus und Julia musste ihm die gelernten Übungen aus der Gustav-Kanter-Schule vorspielen. Wenn die Stunde vorbei war, setzten Vater und Vetter Hans sich immer noch in der Sommerküche an den Tisch und diskutierten bei einem Glas Wein. Die Mutter hat ihr erzählt, Vetter Hans sei auch in der Karlsgasse aufgewachsen und darum dürften die Karlsgässer Kinder alle bei ihm und nicht bei dem anderen Kapellmeister, dem Sirol Vetter Matz, Akkordeon oder ein anderes Instrument spielen lernen.

Julia schaute immer öfter auf die Wanduhr und Vetter Hans muss das bemerkt haben, denn obwohl erst etwas mehr als eine halbe Stunde vorbei war, sagte er: „Diese eine Übung noch. Wenn du die fehlerfrei spielst, machen wir Schluss."

Nur einmal hat Julia sich vergriffen. Aber Vetter Hans schien es überhört zu haben, denn er gab ihr einen freundschaftlichen Klaps auf den Hinterkopf und entließ sie in die Freiheit.

Fünf Minuten später saßen Hans Safer und Franz Hackmann in der Küche des Sommerhäuschens, das noch im Hof des Brunmayer-Anwesens als Relikt der Großbauernzeit stand. Hackmann schenkte einen blutroten Wein ein und kam gleich zur Sache:

„Was habe ich gehört, der Ritzt Michl ist zum Sirol übergelaufen?"

„Ja, leider", antwortete Safer. „Am Samstag hat er mit ihm die Hochzeit gespielt. Ich weiß auch nicht, was in den gefahren ist. Er war mein bester Mann."

„Heute Morgen im Zug hat einer gesagt, die hätten ihn abgekauft und würden ihm auch weiterhin mehr zahlen als du."

„Das weiß ich nicht. Er hat sich ja von mir nicht verabschiedet, so dass ich ihn nicht nach dem Grund seines Wechsels fragen konnte. Aber ich vermute, da wurde Druck aus seiner Verwandtschaft ausgeübt. Es wird halt nichts unversucht gelassen, mich fertig zu machen."

„Jetzt, wo der junge Sirol am Konservatorium in Bukarest studiert, wachsen ihnen erst recht Hörner."

Hans Safer leerte sein Glas und der Wein stimmte ihn anscheinend zuversichtlicher, denn er meinte, sich zum Gehen anschickend: „Diese Woche haben wieder zehn Buben mit dem Lernen von Blasinstrumenten begonnen. Wenn sich noch im Laufe des Jahres einige melden, kann ich bald auch mit 30 Mann aufmarschieren. Die Sirol-Leute werden schon noch hören, wo überall in diesem Dorf die Musik spielt. Als ich im Sechsundfünfziger mit sechs Mann angefangen habe, wurde ich ausgelacht. Jetzt, nach 14 Jahren, spiele ich mehr Hochzeiten als der Sirol mit seiner mehr als sechzigjährigen Tradition."

Franz Hackmann begleitete den Kapellmeister durch den Hof. Auf der Straße fragte er noch nach dessen Sohn, der um zwei Jahre älter als seine Julia war.

„Ich bin schon zufrieden mit ihm. Er macht auf der Klarinette sehr gute Fortschritte. Ab September wird er ins Musiklyzeum gehen", antwortete Safer mit deutlich vernehmbarem Stolz in der Stimme.

- - -

Franz und Susanne Hackmann saßen am nächsten Abend in ihrer Efeulaube und genossen das Wochenende.

„Franz, was hat denn der Safer gestern so alles erzählt", fragte Susanne mit beiläufigem Ton.

„Das Übliche. Wie es halt so steht um die Kapelle."

„Hat er nichts von der Hochzeit, die in zwei Wochen sein soll, erwähnt?"

Franz dachte ein wenig nach und verneinte, worauf Susanne ihm zu erzählen begann:

„Ihr habt heute Nachmittag im Zug wieder Karten gespielt. Darum hast du auch nicht mitbekommen, was die Kelter Leni erzählt hat. Die Hochzeit vom Rahn Hans und der

Scheizer Elfriede soll angeblich abgesagt sein."

„So etwas habe ich noch nie gehört, eine fest eingeplante Hochzeit so kurzfristig abzusagen. Aber warum? Ist jemand schwer krank in einer der zwei Familien?"

„Die Hochzeit wurde nicht verschoben, sie wurde aufgehoben. Die zwei jungen Leute heiraten nicht mehr, und zwar wegen der Musik."

Jetzt hatte Franz eine Denkpause nötig. Er sagte eine Weile erst mal gar nichts. Dann meinte er bloß: „Die sind verrückt."

Susanne fuhr mit ihrer Neuigkeit, die alle Jarmather Gesprächsrunden im Pendlerzug nach und von Temeswar seit zwei Tagen beherrschte, fort:

„Dieser Rahn Hansi spielt doch beim Safer Basflügelhorn und die Scheizer Elfriede hat einen Bruder, der beim Sirol ein Instrument spielt."

„Gut, aber haben die das vorher nicht gewusst?"

„Gewusst schon, aber nicht darüber gesprochen. So kam es, dass der Rahn die Musik beim Safer bestellt hat und der Scheizer beim Sirol. Weil dann aber keiner der zwei Hochzeitsväter nachgeben wollte, wurde die Hochzeit gänzlich abgesagt. Die zwei jungen Leute haben sich angeblich in ihr Schicksal gefügt."

Hätte Susanne das Gesicht ihres Mannes bei Tageslicht sehen können, wären ihr die Stirnrunzeln und sein böser Blick bestimmt aufgefallen. So aber erschrak sie erst bei dem schroffen Tonfall seiner Stimme:

„Wie kann man von einem Musikanten, der beim Safer spielt, verlangen, dass der Sirol seine Hochzeit spielt. Nur ein Vollidiot kann sich so etwas ausdenken. Das ist ja noch schlimmer, als wenn ein Deutscher eine Rumänin heiraten würde, oder umgekehrt ... Nein, dann lieber keine Hochzeit."

„Aber Franz, denk doch nach. Die jungen Leute haben sich bestimmt gern."

„Die hätten vorher wissen sollen, was sich gehört. Warum musste der sich auch eine von der anderen Partei suchen? Gibt's nicht genug schöne Mädels bei uns auch? Die soll

sich gefälligst einen von Sirols Anhängern nehmen. Dort laufen genug herum, die glauben etwas Besseres zu sein."
- - -
Franz war immer lauter geworden und weder er noch Susanne bemerkten Ruhtraud, die soeben aus der Sommerküche hinüber zum Haus ging und diese letzten Worte gehört hatte. Die sechzigjährige Frau wusste sofort, um was es da ging, denn sie fuhr noch immer zweimal in der Woche mit dem Zug in die Stadt zu der Offiziersfamilie Ardelean und hatte natürlich auch von der abgesagten Hochzeit gehört.

Sie verstand die Leute in diesem Dorf, das eigentlich nie auch ganz das ihre geworden war, nicht. Die größte Not nach dem Krieg war überwunden. Das Dorf hatte ein neues Gesicht bekommen. Viele Wege waren frisch gepflastert, die Einfahrtstraße ins Dorf wurde soeben asphaltiert und sogar vom Bau eines Strandbades war die Rede. Die Leute hatten ihr Auskommen und ... waren zerstritten wie nie zuvor. Wegen der Musik ...ja, wegen der Musik.

Ruhtraud konnte lange nicht einschlafen. Sie wusste, dass ihr Schwiegersohn sich in diesem Dorfstreit, zum großen Verdruss Susannes, voll engagierte, und sie dachte zurück, weit in die Vergangenheit, als der Großbauer Jakob Brunmayer gleich zwei Musikkapellen für die Vermählung seines Sohnes bestellt hatte und es auch keine Hochzeit gab. Aber es gab eine große Liebe, und die benötigte damals keine Musik.

7

Drei Busse fuhren durch das Tal der Schnellen Kreisch* in Richtung Klausenburg. Ihr Reiseziel war das Schloss Octavian Gogas* in Ciucea. Die Busse waren mit Schülerinnen und Schüler der drei 10. Klassen des Temeswarer Industrielyzeums für Maschinenbau besetzt, die eine Siebenbürgenreise absolvierten.

Im letzten der Busse saßen nur Mädchen. Sie besuchten die Klasse mit dem Spezialfach Textilindustrie, während die

Jungen in den zwei anderen Bussen schwerpunktmäßig die Fächer Maschinenbau und Elektrotechnik belegten. Die Fachlyzeen waren eine Errungenschaft der letzten großen, etwa acht Jahre zurückliegenden Schulreform unter der damals neuen Parteiführung Nicolae Ceaușescus.

Julia blickte durch die Busscheiben in den Wald, ohne diesen allerdings zu sehen. Nur das Gesicht Ilies beherrschte ihre Sinne: seine blauen Augen, die hohe Stirn, das leicht gekrauste schwarze Haar und diese Gutmütigkeit in den fast weiblich schönen Zügen. Und sie wusste, dass die hochaufgeschossene, sehnige Jünglingsgestalt auch anderen Mädchen im Bus den Blick in den Wald verstellte. Er war in ihren Köpfen, ihren Träumen, Tag und Nacht.

Julia träumte von ihm seit anderthalb Jahren, seit sie ihn zum ersten Mal sah. Das war ungefähr drei, vier Monate nach ihrer erfolgreichen Aufnahmeprüfung für die 9. Klasse des Industrielyzeums. Sie hatten nie ein Wort miteinander gesprochen, aber ihre Blicke waren sich begegnet. Julia war sich ganz sicher. Sie, ihre Blicke, hatten ineinander geruht und waren dann doch wieder wie aufgescheuchte Küken in alle Himmelsrichtungen auseinandergestoben. Nur ein rasendes Herz war immer in Julias Brust zurückgeblieben, das sie am Anfang beunruhigte. Doch dann, als sie eines Tages zu Hause vor dem Spiegel stand und sich fragte, ob sie ihm wohl gefallen würde, konnte sie das zarte Pflänzchen, das man gemeinhin als Liebe bezeichnet, endlich deuten.

- - -

Julia schritt durch die bis zur Decke mit Büchern vollgestopften Räume. Alte Bücher, wertvolle Bücher. Ihre Blicke flogen über die vergoldeten Buchstaben der Einbände. Kein einziger Name oder Titel prägte sich ihr allerdings ein. Dann stand sie vor einem großen Spiegel, allein, zurückgeblieben hinter der vorwärts strebenden Jugendschar.

Ihre Augen betrachteten das zierliche Mädchen mit Genugtuung. Sie war sich ihrer Schönheit bewusst. Das dichte, dunkelblonde Haar bedeckte die zarten Schultern. Ein keckes Stumpfnäschen verlieh den ovalen Gesichtszügen eine kindliche Verspieltheit, während ihre ausdrucksvollen Augen eine geheimnisvolle Verträumtheit ausstrahlten. Ihr ganzes Erscheinungsbild barg sowohl Keusches als auch Begehrenswertes in sich, Distanzierendes und gleichermaßen Einladendes. Und in diesem feinen, aber schon eine holde Weiblichkeit ausstrahlenden Geschöpf tobte seit Monaten eine verborgene Leidenschaft, eine unartikulierte Sehnsucht nach streichelnden Händen, heißen Küssen, gehauchten Liebesworten auf geheimnisvollen Waldlichtungen, brannte ein Starkes Bedürfnis, Lichtjahre entfernt von allen gesellschaftlichen Zwängen, allein im Vogelgesang und Windhauch, auf dem Rücken liegen zu können, tief in einem duftenden Blumenteppich, den Blick zum Himmel gewandt, ohne ihn sehen zu können, weil sich das kostbarste aller irdischen Hindernisse dazwischen schiebt: sein Kopf mit dem Kraushaar und seinen, den ihrigen so ähnlichen Augen.

Dann war sie plötzlich nicht mehr allein im Spiegel. Er war da, hinter ihrem Spiegelbild, schaute über ihren Kopf aus dem Spiegel in die Augen des Mädchens vor dem Spiegel, in ihre Augen, die seinen Blick begierig aufsaugten. Ihre straffen Brustwölbungen hoben und senkten sich in unregelmäßiger Hast und ihre gewöhnlich blassen Wangen röteten sich merklich. Sie starrte in diese faszinierenden Augen, die alles um sie herum zur Belanglosigkeit degradierten, und spürte, wie der Blick aus dem Spiegel in sie drang, zu ihren geheimen Wünschen vorstieß, ihr Wesen ihrem sorgfältig gesponnenen Kokon entzog.

Julia schämte sich plötzlich ihrer Nacktheit. Der Blick, der sie bisher scheinbar nur flüchtig streifte, hatte sie jetzt in seiner unmissverständlichen Direktheit völlig entblößt. Sie drehte sich um. Ilie Seres. Ihr Kopf war ein wirres Knäuel von Gedanken. Keine Kraft, weder zur Offenbarung noch zum Widerstand, rührte sich in ihr. Hilflosigkeit. Ohnmacht. Aber auch Ilie stand nur da, wortlos, regungslos. Die Nähe zu diesem Gesicht schien ihn aus der Fassung gebracht zu haben.

„Wir haben den Anschluss verloren", sagte Ilie in einem

akzentfreien Deutsch, was Julia noch mehr verwirrte.

„Ja", sagte sie, bemüht, ihre Fassung wieder zu erlangen.

„Ich glaube, das wird ein schöner Ausflug", versuchte Ilie nun das Eis zu brechen.

„Der Weg von Oradea bis hierher war schön. Auch hier gefällt es mir", antwortete Julia.

Befangenheit widerspiegelt sich am deutlichsten in Belanglosigkeit. Darum konnte Ilies Suche nach Worten auch kaum geistreicher enden: „In Siebenbürgen soll es sehr schön sein."

Die spürbare Unsicherheit des Jungen machte Julia wieder selbstsicherer und ließ sie spüren, wie die Freude über dieses Zusammensein von ihr Besitz ergriff. Das machte Mut. Sich langsam in Richtung Tür in Bewegung setzend, sagte sie:

„Ja, ich weiß... Du sprichst aber sehr gut deutsch. Diese Kenntnisse kannst du dir doch unmöglich in den zwei Jahren Deutschunterricht als Fremdsprache angeeignet haben. Das sind lediglich zwei Stunden in der Woche."

„Natürlich nicht. Ich habe die deutsche Grundschule in der Josefstadt besucht. Das war eigentlich ein Wunsch meiner Oma. Warum sie das so wollte, weiß ich nicht. Meine Mutter konnte ihr dieses Anliegen nicht abschlagen. Oma war damals schwer krank und ist dann auch bald gestorben, obwohl sie noch gar nicht alt war. Ich war in der ersten Klasse und meine Mutter hat mich eben in dieser Schule gelassen."

„Wieso hast du mich jetzt aber deutsch angesprochen?"

Ilie lächelte Julia an und es lief ihr ein angenehmer Schauer über den Rücken, als sie diesen Blick und dann auch seine Worte genoss.

„Ich habe mich halt interessiert", antwortete der jetzt auftauende Junge „Du weißt doch auch, wie ich heiße. Oder irre ich mich?" Julia lief rot an und verneinte mit einem Kopfschütteln. „Na siehst du? So kenne ich eben auch deinen Namen und Julia Hackmann klingt nun mal deutsch. Schließlich und endlich sind wir ja schon lange genug in der gleichen Schule. Eigentlich hatte ich gehofft, dich beim Tanzabend mit Phönix* im Baulyzeum zu treffen. Die meisten deiner Klassenkolleginnen waren dort. Ich hatte mir schon damals vorgenommen, dich näher kennenzulernen."

„Das ist bei mir nicht so einfach. Ich wohne auf dem Dorf und habe samstags nachts keine Zugverbindung nach Hause. Meine Eltern würden einer Übernachtung in der Stadt nicht zustimmen ... Aber warum willst du gerade mich kennenlernen?"

Das war ziemlich direkt und klang sogar spitzbübisch, was den Jungen etwas zögern ließ, bevor er antwortete.

„Nur so. Ich denke, es ist ja kein Vergehen, wenn man sich mit einem Mädchen mal gerne unterhalten will."

„Nein, natürlich nicht", entgegnete Julia und lachte Ilie an, denn aus diesem letzten Satz hatte sich ihr nur ein einziges Wort, das aber ganz tief, eingeprägt: gerne.

8

Julia und Ilie saßen im Schatten einer uralten Trauerweide. Die meisten Plätze waren an diesem heißen Augustsonntag leer im Sommergarten der Konditorei FLORA, am südlichen Begaufer, gleich hinter dem Zentralpark.

Julias Blick ruhte in der schattigen, leblosen Flusspromenade. In dieser frühen Nachmittagsstunde waren noch keine Spaziergänger unterwegs. Das Wasser der Bega floss träge und lautlos dahin. Nur ab und zu brachte ein leichter Windstoß etwas Bewegung in die Baumkronen.

Vor Julia stand ein Eisbecher mit zwei Sorten Eis: Nuss und Zitrone. Durch ihre Farben unterschieden sich die Kugeln voneinander. Julia nahm mit der Spitze des Eislöffels von dem Nusseis und hielt es Ilie hin. Der beugte sich vor und öffnete den Mund. Julia schob ihm die Eislöffelspitze zwischen die Lippen. Ilie schloss den Mund. Von dem Eislöffel war nur mehr der Stil zu sehen.

„Gut", sagte er, nachdem Julia den Eislöffel wieder zurückgezogen hatte.

Dann wiederholte sie den gleichen Vorgang mit einer Spitze Zitroneneis.

„Auch gut", sagte Ilie.

Julia ließ den Eislöffel im Becher liegen. Ihre weiße Hand streichelte liebevoll Ilies sonnengebräunte Wange.

„Wenn wir schon einmal in einer anderen Zeit auf der Welt waren, habe ich dich bestimmt gekannt", sagte sie. „Ja, ich bin mir ganz sicher. Wir sind uns schon begegnet. Ich wusste es vom ersten Augenblick an."

Ilie lachte kurz auf. Es klang verbittert. Dann wurden seine Züge ernst, viel zu ernst für einen Siebzehnjährigen.

„Vielleicht haben wir uns damals öfter getroffen als heute", erwiderte er. Seine Stimme klang traurig.

„Aber Ilie, wir sehen uns doch jede Woche", entgegnete Julia, obwohl auch sie sich, genau wie er, nach einem anderen Zusammensein sehnte. „Warum bist du so ungeduldig? Irgendwann kommt auch unsere Zeit."

Die Eiskugeln in Julias Becher begannen zusammenzulaufen. Die Farben vermischten sich.

„Leer deinen Becher, Schatz. Dann zahlen wir", drängte Ilie, der sich nur eine Tasse Kaffee bestellt hatte, zum Aufbruch.

„Und wohin gehen wir?", fragte Julia schelmisch, den Eisbecher auslöffelnd.

„Du weißt schon", klang es über den Tisch.

Eine halbe Stunde später waren die zwei Liebeskinder ihren Alltagssorgen entflohen.

- - -

Leidenschaftliche Küsse und zärtliche Streicheleinheiten gehörten seit eh und je zu diesem Park, wie die unzähligen Rosen, die ihm seinen Namen gaben. Die Laube war dicht umsponnen und frei war die Liebe, frei im Rosenversteck, ungehemmt, betörend, beglückend.

Ilies Hand glitt unter Julias Miniröckchen, streichelte ihre Schenkel und ihr Höschen. Ihr Kopf ruhte in seinem rechten Arm, ihr Rücken auf seinen Oberschenkeln. Ihre Lippen waren vereint. Seine Hand schob sich unter ihre Bluse und liebkoste ihre Brüste. Julias Finger hatten sich in dem schwarzen Kraushaar verfangen. Sie gaben den Kopf des

Jungen nicht frei. Ihr Verlangen nach ihm war unersättlich. Die Zeit stand still. Unendlich weit entrückt war die Welt und das Universum hüllte seinen Mittelpunkt in betäubenden Rosenduft.

Sie liebte ihn, ehrlich und ohne irgendwelche Vorbehalte. Aber er? Waren seine Gefühle genauso ehrlich? Durfte sie sich ihm mit der gleichen Leidenschaft hingeben, mit der sie ihn begehrte?

Er liebte sie. Sein Empfinden für Julia war rein, ohne jedweden Hintergedanken. Aber sie? Fühlte sie auch so uneingeschränkt wie er? War da nicht immer dieses Zögern, diese Vorsicht? Warum?

Solche Gedanken schossen durch die Köpfe des Pärchens, als ihr Verstand langsam dem Liebeswahn zu entrinnen begann.

„Am Samstag gibt die DDR-Band Karat ein Konzert im Olympia-Stadion. Fast unsere ganze Klasse geht hin", sagte Ilie.

„Ich weiß, Liebling", erwiderte Julia mit einem Anflug von Bedauern in der Stimme, „aber du weißt doch, bei uns ist Kirchweihfest und ich muss mitgehen."

„Du musst? Warum musst du?"

„Weil der Junge mich schon vor einem Jahr gefragt hat und es da kein Zurück gibt."

Ilie schwieg. Sein Blick hatte sich im Rosenmeer verfangen, doch sein Gemüt verspürte alles andere als rosige Zuversicht. Da war wieder diese Welt mit Trachten und Blasmusik, in die Julia immer wieder aus seinen Armen zurückkehrte. Und er wusste, dass er darin nicht erwünscht war. Seine Mutter hat ihm das schon oft zu erklären versucht. Sie tat es stets, ohne Hass in sein Herz zu streuen, lediglich versuchend, ihm diese Situation als Resultat menschlicher Vernunftregeln zu verdeutlichen. Aber er verstand sie nicht. Und er verstand auch Julia nicht. Er kannte nur seine Liebe, und die gehörte einem Mädchen, schlicht und einfach einem Mädchen; das allerdings kam und ging nach gewissen Uhrzeiten, nach Eisenbahnfahrplänen und Dorfterminen.

Julia streichelte Ilies hohe Stirn. Sie spürte, was in ihm vorging. Ihre Augen wurden feucht, ihr Atem ging unregelmäßig, ihre Stimme klang traurig.

„Komm, lass uns gehen. Ich verpasse sonst den 19:00-Uhr-Zug."

9

Wieder war der letzte Augustsonntag da, und wieder war Kirchweihfest in Jarmath, und wieder erstrahlte das Dorf in frischen Haus- und Torfarben, und wieder waren die Blaskapellen wichtiger als die Trachten, und wieder war das Dorf in zwei Lager gespalten, und wieder gab es zwei Kirchweihzüge, und wieder feierte der Unfriede fröhliche Urstände in den Herzen der Menschen.

Ruhtraud Brunmayer saß in der übervollen Kirche und ihr Herz war zum Bersten voll mit Glück und Freude und Stolz, aber auch mit Leid und Trauer. Die geballte Menge widersprüchlicher Gefühle wollte ausbrechen, sich artikulieren, sich befreien. Doch sie blieb gefesselt.

Nur eine verstohlene Träne brachte die Kunde eines wunden Herzens ans Tageslicht. Aber niemand sah sie; hätte sie auch jemand gesehen, wäre ihr Dasein bestimmt missdeutet worden, denn die Botschaft des Tages ließ nur Glück und Frohsinn und eventuell auch ehrfürchtiges Ahnengedenken zu. Für Herzweh war an diesem Tag kein Verständnis von der Dorfgemeinschaft zu erwarten.

- - -

Die Botschaft kam mit klarer Stimme und das Mädchen, das sie sprach, stand hocherhobenen Hauptes vor dem Altar, in glänzender Prunktracht aus Seide, Falten, Spitzen und gemalten Blumen, eine Tracht, wie sie die Ahnen bestimmt nie gekannt haben. Das Dorf war sich einig: Julia Hackmann war die anmutigste Erscheinung in schwäbischer Tracht, seit es in Jarmath Kirchweihfeste gab. Der Sirol-Kirchweihzug war zwar länger, aber die Safer-Leute hatten die schönste Vortänzerin. Und darum waren heuer auch sehr viele Sirol-

Anhänger in der Frühmesse. Sie wollten den Spruch der Safer-Vortänzerin hören und das Vortänzerpaar sehen, war doch der Safer-Sohn der Vortänzer. Ein Traumpaar, meinten viele voller Anteilnahme und ebenso viele voller Neid.

Aber auch Schadenfreude war im Spiel, und die wurde nicht nur von Sirol-Leuten genossen. Sollte vielleicht gar sie es gewesen sein, die so viele Leute in die Kirche trieb und andere aus ihren Häusern kommen ließ, als der Safer-Zug durch die Dorfgassen marschierte?

In einem Gerücht verbarg sich der Keim dieser kollektiven Schadenfreude. Die Vortänzerin der Safer-Partei, die bildhübsche und gescheite Julia Hackmann, soll einen Rumänen in der Stadt haben. Einige behaupteten sogar, er wäre ein halber Zigeuner und ein uneheliches Kind. Schon seine Mutter habe ihren Vater nie gekannt. Seit anderthalb Jahren schlage Julia sich angeblich mit diesem Walach* in Temeswar herum und erst jetzt, kurz vor dem Kirchweihfest, sei diese Ungeheuerlichkeit an den Tag gekommen.

Nur Gerüchte, sagten die einen; wo es raucht, brennt auch ein Feuer, sagten die anderen. Ruhtraud trug die Last der Wahrheit. Wut, Enttäuschung, Hass und unsäglicher Streit waren in ihr Haus eingezogen.

Die Augen des Dorfes hatten Julia gesehen und der Mund des Dorfes hatte lustvoll geplaudert. Franz Hackmann hat getobt, die Hand zum Schlag erhoben. Dann kam die Besinnung. Der gebotene Schein häuslicher Eintracht ließ die Hand wieder sinken.

Susanne Hackmann grämte sich durch die Nächte. Schande war über ihr Haus gekommen. Franz hat sie beschuldigt, sie hätte sich als Mutter nicht genug um ihre Tochter gekümmert.

Julias Stimme füllte das Kirchenschiff, schwebte über den Köpfen, senkte sich herab, drang in die Herzen und ließ die Seelen tanzen. Alle Augen starrten auf die strahlende Mädchengestalt in schwäbischer Tracht.

Ruhtrauds Herz verkrampfte sich. Das war nicht der Spruch, den der Pfarrer für diesen Kirchweihgottesdienst geschrieben hatte. Sie selbst war ihn doch im Pfarrhaus abholen, und sie hat ihn auch gelesen. Darin war die Rede von der Einwanderung, dem Bau der Kirche, der Treue zu Brauch- und Volkstum, von Dankbarkeit und Gehorsam.

Julias Reime verschmolzen zu einer Melodie. Ein Hohelied auf die Liebe und Freiheit bewegte die Herzen. Der Priester saß mit versteinerter Miene da. Und dann geschah das Unfassbare: Die Menschen knieten nieder, noch bevor die letzten Verse verklungen waren. Freiheit und Liebe. Die Sehnsucht der Gemeinschaft ließ alle Gegensätze der Individuen verschwinden.

- - -

Dann stand die Menschenmenge vor der Kirche. Eine Knabenschar Tambours kündigte den Marsch durchs Dorf an. Der Alte-Kameraden-Marsch erklang und der Safer-Kirchweihzug marschierte durch die Hauptgasse ins Oberdorf.

Viele Menschen blieben vor der Kirche stehen. Andere, die ins Hochamt wollten, gesellten sich zu ihnen. Während die Marschklänge im Oberdorf allmählich verhallten, brachte der Wind schon vereinzelte Trompetenstöße aus dem Unterdorf. Noch blieb aber genug Zeit zum Erzählen, und man glaubt es kaum, wie schnell eine neue Nachricht das Gerücht um die Safer-Vortänzerin verdrängen konnte.

Am Vorabend waren mehrere Kirchweihgäste aus Deutschland angekommen. Sie erzählten, drei junge Jarmather Ehepaare wären im Nürnberger Lager eingetroffen. Tatsächlich, die hat in letzter Zeit niemand gesehen. Das fiel dem einen und anderen erst jetzt auf. Man schaute sich um. Von den Angehörigen dieser jungen Paare war wirklich niemand hier in der Kirche und auch jetzt nicht vor der Kirche. Die Spekulationen begannen. Wo mag ihnen die Flucht geglückt sein? An der jugoslawischen Festlandgrenze oder gar über die Donau?

Von den Kirchweihgästen aus Deutschland werden bestimmt einige wieder viel Geld mitgebracht haben. Aber wo zahlen die Leute? Niemand fährt ohne Mark, hieß es. Die Glücklichen, die den Pass schon hatten, schwiegen beharrlich und leugneten jede Schmiergeldzahlung.

Der Radetzky-Marsch war immer deutlicher zu erkennen. Aus dem Unterdorf nahte der Sirol-Kirchweihzug und das Fest rückte wieder in den Mittelpunkt.

10

Die Sommernacht war warm und mondhell. Ruhtraud und ihre Nachbarin gingen langsam. Der Weg vom Kulturheim bis nach Hause war weit und die zwei Frauen im fortgeschrittenen Alter waren müde. Sie redeten nicht viel.

Bawi Rübel wäre an diesem Kirchweihsonntagabend bestimmt nicht mehr ins Kulturheim gegangen, wäre Julia nicht Vortänzerin gewesen und hätte Ruhtraud, die auch am Abend den Vortanz sehen wollte, dann nicht allein den gut drei Kilometer langen Weg bis in die Karlsgasse bewältigen müssen.

„Es war ein schöner Kirchweihtag heute", sagte Bawi.

„Ja", bestätigte Ruhtraud, und es klang wie ein Seufzer.

„Vielleicht lässt die Julia den doch noch laufen", sprach Bawi das heikle Thema an.

„Nein. Ich kenne das Mädchen. Es wird in unserem Haus noch zu einer Katastrophe kommen. Hast du diesen Spruch heute Morgen in der Kirche gehört? So etwas bringt nur meine Julia fertig. Und mein Schwiegersohn ist jetzt schon mit den Nerven am Ende. Er wird sie aus dem Haus jagen. Dann will auch ich nicht mehr leben. Das ganze Dorf erzählt nur noch von uns."

„Nein, Ruhtraud, das bildest du dir nur ein. Davon war heute Nachmittag beim Tanz ums Fass überhaupt keine Rede. Alle erzählen nur von den sechs jungen Leuten, die über die Grenze gegangen sind."

„Hoffentlich bekommt bald wieder jemand im Dorf den Pass, damit die Menschen auch weiterhin etwas zu erzählen haben."

Bawi sagte darauf nichts mehr und Ruhtraud war es recht so, denn sie wollte mit ihren Gedanken allein sein. So viel, zu viel, war in den letzten Wochen über sie hereingebrochen und der eben hinter ihr liegende Abend hat ihr einen weiteren Anlass zum Nachgrübeln gegeben.

- - -

Es war schon 21:00 Uhr, als der Tanz im Kulturheim endlich begonnen hatte. Die Kirchweihmädchen hatten ihre gestärkten Unterröcke, die farbenfrohen Seidenröcke, die kunstvoll geschlungenen schwarzen Schürzen, die weißen Hemden und die blumenbestickten Halstücher, mit denen sie noch am Nachmittag den Tanz ums Fass absolvierten, zu Hause gelassen und schwebten jetzt in ihren leichten Sommerkleidern und Miniröcken über die Tanzfläche. Die Blaskapelle, die tagsüber böhmische Walzer und Polkas gespielt hatte, war am Abend von einer Tanzkapelle abgelöst worden. Tango- und Foxrhythmen beherrschten den Saal. Ringsum standen drei Reihen Stühle, die fast alle von den aufmerksamen Müttern, Großmüttern, Tanten und Nachbarinnen der tanzenden Jugendlichen besetzt waren.

Die Tanzfläche war gut gefüllt. Längst tanzten nicht nur die Kirchweihpaare. Auch andere Jungen und Mädchen, viele aus benachbarten Dörfern, glitten über das Parkett.

„Leise geh'n im Saal die Lichter aus", sang ein Sänger ins Mikrophon und die Saalbeleuchtung wurde auf ihre halbe Stärke reduziert. Ruhtrauds Blick war zufällig in Richtung Tür gewandert, als die Tangomelodie erklang, und sie sah den hochaufgeschossenen Jüngling mit den feinen, von nicht alltäglich männlicher Schönheit geprägten Gesichtszügen und den schwarzen, gekrausten Haaren. Er musste schon länger dort gestanden und den Saal überblickt haben, denn er ging sicheren Schrittes auf eine Mädchentraube zu und reichte Julia beide Hände.

Das Paar verschwand in der Menge und tauchte wieder auf, und verschwand wieder, und... Ruhtraud saugte den Anblick dieser leicht schwebenden Leiber in sich auf, und sie spürte die gegenseitige Beglückung dieser zwei Menschenkinder... und sie wusste: Das ist er. Die Vertraulichkeit, mit der die beiden sich im Tanz unterhielten, und wie Julia sich an diesen Jungen schmiegte, sprachen Bände.

Ruhtrauds Augen waren nur dem Paar gefolgt und merkwürdigerweise hatte sie keinen Augenblick daran gedacht, was die Leute morgen im Zug wohl erzählen würden, oder ob Susanne, ihre Tochter, den Jungen auch schon gesehen habe, oder ob gar Franz Hackmann, ihr Schwiegersohn, der draußen in der Schenke bei den Männern weilte, vielleicht zufällig gerade jetzt in den Saal kommen könnte.

Nein, sie hatte bloß ihre Enkelin und diese auffallende Jünglingserscheinung, die mit ihrem schwarzen Kraushaar gar nicht in das Bild der schwäbischen Dorfjugend passen wollte, gesehen. Und sie spürte auch jetzt auf dem Heimweg noch eine unerklärliche Zuneigung zu dieser Gestalt. Das erschreckte und erfreute sie zugleich.

Julia wird in ihrer ohnmächtigen Liebe nicht mehr allein sein. Das hatte Ruhtraud sich während dem Tango spontan vorgenommen, komme da was wolle. Dabei war ihr sogar entgangen, dass der Junge, nachdem das Lied verklungen war und das Licht im Saal wieder seine volle Leuchtkraft hatte, genauso plötzlich verschwand, wie er wenige Minuten zuvor aufgetaucht war. Ihre Augen suchten ihn vergeblich. Er blieb den Rest des Abends verschwunden.

11

Ilie Seres starrte in sein Bierglas. Eine Fliege lag auf der gelben Flüssigkeit. Im Bier ertrunken, dachte Ilie. Wie schön! Dann dachte er nicht mehr, starrte nur mehr vor sich hin. Die Situation war unerträglich geworden. Julia wohnte noch immer in Jarmath - bei ihrer Großmutter, wie sie oft mit trotziger Stimme betonte - und er in der Schager Straße bei seiner Mutter.

Eine Hand ergriff die Lehne des Stuhles, der Ilie gegenüber am Tisch angelehnt war, und zog ihn zurück. Ilie hob den Kopf. Es war Ion Lighezatu. Vor zwei Monaten waren sie noch Lyzeumskollegen.

„Du siehst aus, als würdest du Trübsal blasen", sagte Ion,

während er sich auf den Stuhl setzte und den Kellner herbeiwinkte.

„Na ja, ich hatte auch schon bessere Zeiten", meinte Ilie missmutig.

„Es ist noch nicht zu spät. Du kannst dich noch zu einer Aufnahmeprüfung einschreiben. Im Herbst bieten fast alle Fakultäten eine zweite Prüfung an."

„Nein, ich bleibe in der 1. IUNIE ... Der Job ist gut ..."

„... und du hast deine Nemțoaica* den ganzen Tag neben dir. Ihr seid beide bescheuert. Jeder Depp versucht, irgendwie ein Studium zu absolvieren, und ihr geht nach dem Bakkalaureat arbeiten. Das versteht kein Mensch mehr. Irgendwann fährt sie auch noch nach Deutschland und du sitzt da."

Ilie erwiderte nichts. Ion gehörte eigentlich nicht zu seinem engeren Freundeskreis. Darum wollte er über seine Probleme mit ihm nicht sprechen. Der schien aber Gefallen an dem Thema zu haben und hackte nach:

„Warum heiratest du sie dann nicht, wenn du sogar deine Zukunftspläne nach ihr gestaltest? Es ist doch längst kein Geheimnis mehr, dass ihre Eltern dich nicht wollen. Warum zieht sie nicht zu dir in die Stadt? Eines Tages wird sie dir noch ein Neamț* wegschnappen. Die scheint sich ihrer Sache gar nicht so sicher zu sein. Sonst wäre sie doch schon längst bei dir."

„Du quatschst einen ziemlichen Blödsinn. Waren wir nicht bis jetzt in der Schule? Was glaubst du, warum wir beide aufs Studium verzichten und arbeiten gehen? Weil wir endlich unabhängig sein wollen! ... Und das wird uns auch gelingen, wenn ich mal eine Wohnung gefunden habe. Nur ..."

Ilie hielt inne, fischte die Fliege mit einem Streichholz aus dem Bier, führte sein Glas zum Mund, nahm einen Schluck und blickte an Ion vorbei in den sich langsam füllenden Sommergarten des CINA-Restaurants.

„Nur?", gab Ion nicht auf.

„Du weißt doch, wie schwer es ist, eine Wohnung zu finden."

Ion grinste unverschämt und seine folgende Bemerkung

klang spöttisch:

„Ihr geht doch beide arbeiten, also könnt Ihr euch auch eine Wohnung vom Staat auf Raten kaufen. Im Circumvalaţiunii-Viertel werden genügend davon gebaut."

„Genügend bestimmt nicht, denn es ist doch längst kein Geheimnis mehr, dass man Jahre lang auf so eine Blockwohnung warten muss."

„Bist du in der Partei?", fragte Ion und schlürfte, die Antwort abwartend, einen Schluck Kaffee.

Ilie ließ sich damit aber Zeit, da er überhaupt keinen Gefallen an diesem Gespräch finden konnte; und dementsprechend kurz fiel sie dann auch aus: „Nein."

„Und deine Nemţoaica wohl auch nicht?!"

Ilie ärgerte sich über diesen Ausdruck und wollte dem langsam lästig werdenden ehemaligen Kollegen eine barsche Zurechtweisung um die Ohren hauen, beließ es aber dann doch bei einem ebenso mürrischen Nein.

„Aber in der UTC* seid ihr schon."

„Ja. Das sind wir doch alle."

„Dann könnten wir vielleicht darüber reden."

„Worüber willst du noch reden?" Ilie wurde ungehalten und begann seinem Gegenüber mit abweisenden Worten deutlich zu machen, wie ungelegen er ihm gerade komme, als der ihm ins Wort fiel:

„Ich könnte dir eine Audienz beim Comitetul Municipal de Partid* vermitteln. Die kontrollieren doch die Kommission für die Wohnungsvergabe. Ich mein' ja nur. Probieren geht über Studieren. Wenn du deine Nemţoaica mal entführen willst, brauchst du ja eine Höhle."

Jetzt stieg Ilie die Zornesröte ins Gesicht. Er wollte dieses von Ion deutlich abwertend benutzte Wort in Zusammenhang mit Julia nicht mehr hören. Seine Hand ballte sich zur Faust und seine Zähne knirschten, aber er sagte trotzdem vorerst nichts, so gerne er dies auch getan hätte. Da schwamm nämlich plötzlich ein Strohhalm in den trüben Gewässern, die ihn seit Tagen umgaben. Vielleicht geht doch etwas. Mit der Partei geht viel.

„Wen kennst du dort?", fragte er vorsichtig.

„Einen weitläufigen Verwandten. Der sitzt sogar in der Vergabekommission."

„So etwas wird doch auch seinen Preis haben", tastete Ilie sich weiter.

„Nein. Mein Verwandter ist unbestechlich. Aber für einen guten Bekannten von mir würde er vielleicht schon mal intervenieren. Ich kann dir natürlich nichts versprechen, aber, wie gesagt, einen Versuch könnte die Sache allemal wert sein."

Ilie leerte sein Glas, winkte den Kellner herbei, bestellte noch zwei Bier, hob sein Glas, prostete Ion zu und sagte:

„Gut, rede mit deinem Verwandten."

12

Ilie hatte beim Betreten der städtischen Parteizentrale ein mulmiges Gefühl. Als Bittsteller werde er dastehen. Der Wunsch, endlich geregelte Verhältnisse in seinem Leben zu schaffen, war aber stärker und auch die Aussicht, etwas zu erreichen, wonach so viele vergeblich trachteten, ließen ihn weitergehen. Zweite Etage, Zimmer 211, hatte Ion ihm gesagt.

Ein zaghaftes Klopfen an die massive Tür, ein Druck auf die Klinke, drei Schritte, und Ilie stand in einem Büro mit einem Schreibtisch, zwei Schränken und zwei Fenstern. Vor dem Tisch zwei Holzstühle, hinter dem Tisch ein schwarzer Ledersessel, darin ein Mann, Mitte vierzig, mit tiefen Geheimratsecken und indoktrinierendem Blick.

Noch bevor Ilie den Mund zum Gruß öffnen konnte, traf ihn die bellende, überhaupt nicht zu dem gut aussehenden Beamten passende Stimme:

„Bist du Ilie Seres?"

„Ja, Genosse..."

„... Dumitrache. Wie kann ich dir helfen?"

„Sehen Sie, Genosse Dumitrache, ich wohne mit meiner Mutter in einer kleinen Zwei-Zimmer-Wohnung."

„Hast du keinen Vater?"
„Nein."
„Ah, so ist das?! Und jetzt willst du dir eine Junggesellenwohnung kaufen."
„Genosse Dumitrache, ich habe vor zwei Monaten das Industrielyzeum absolviert und gleich in der Konfektions- und Trikotagenfabrik 1. IUNIE als Nähmaschinen-Einrichter zu arbeiten begonnen ..."
„Das ist gut, sehr gut. Genosse Nicolae Ceaușescu hat erst kürzlich betont, wir bräuchten mehr junge Intellektuelle in den Betrieben. Nur so können wir den Kapitalisten auch weiterhin erfolgreich die Stirn bieten ... Sehr gut, sehr gut."
Ilie fühlte sich geschmeichelt und schöpfte neuen Mut:
„Wenn Sie mir gestatten, würde ich Sie, Genosse Dumitrache, bitten, meinen Antrag auf eine Drei-Zimmer-Wohnung zu unterstützen."
„Eine Drei-Zimmer-Wohnung?! ... Das ist unmöglich. Nur junge Familien mit mindestens zwei Kindern haben das Recht, eine solche Wohnung zu bekommen... aber auf gar keinen Fall Junggesellen."
„Ich werde auch bald eine Familie haben", erdreiste Ilie sich, zu antworten.
„So, so ... Das ist gut, sehr gut... Dann, wenn du eine Familie hast, kannst du auch eine Drei-Zimmer-Wohnung beantragen. Einen Stadt-Personalausweis hast du doch? Gut ... Wenn du verheiratet bist, kommst du her und ich werde versuchen, dir zu helfen ... Vorher kann ich leider nichts für dich tun."
Ilies Mut war beträchtlich gesunken. Aber er wusste, dieser Mann war seine einzige Chance. Darum nahm er tief Luft und startete einen neuen Versuch. Das war bereits eine Verzweiflungstat und seine Stimme zitterte merklich, als er sagte:
„Bei mir, Genosse Dumitrache, ist das alles etwas komplizierter. Wenn Sie für mich noch ein paar Minuten von Ihrer kostbaren Zeit opfern könnten, würde ich es Ihnen gerne erläutern."

Die Stimme des Parteifunktionärs klang in den Ohren Ilies noch feiner und er konnte keinerlei Mitgefühl darin erkennen. Das steckte er aber schnell weg, als die gefällige Antwort kam: „Gut, mach es aber nicht allzu lange."

„Ich danke Ihnen, Genosse Dumitrache. Sehen Sie, ich kann meine Freundin nur heiraten, wenn ich eine Wohnung habe. Bei meiner Mutter ist für drei wirklich kein Platz."

„Und die Eltern des Mädchens? Haben die auch keinen Platz für euch?"

„Dort wohnt noch die Großmutter im Haus."

„Ach, so ist das? Die haben also ein Haus?"

Der Funktionär schien plötzlich wieder Interesse am Gespräch zu haben und Ilie wollte den günstigen Moment ausnutzen. Entsprechend hastig kam auch seine Antwort:

„Ja, auf dem Dorf."

„So, so. In welchem Dorf?"

„In Jarmath."

„Sehr gut, sehr gut", sagte Genosse Dumitrache, rieb sich die Schläfe und wirkte plötzlich etwas nachdenklich. „Eine Nemțoaică?"

„Ja", antwortete Ilie und spürte, wie ein steigendes Unbehagen ihm unter die Haut schlich.

„Und die haben keinen Platz für dich ... So, so ... Sehr gut, sehr gut ..."

„Nein ... Die Großmutter ... wissen Sie ..."

„Ja, ich weiß. Die Alten des Mädchens wollen dich nicht... weil du ein Rumäne bist."

„Nein ..."

„Doch, doch. Ihr zwei liebt euch aber und versteht die Welt nicht mehr. Ich werde dir sagen, wie die Welt dort in Jarmath aussieht. Diese alten Hitleristen wollen unser sozialistisches Vaterland zugrunde richten. Die paktieren auch heute noch mit den Imperialisten. Wir können ihnen aber leider nicht viel nachweisen... Wenn du mir versprichst, dich in Jarmath mal genauer umzuhören, könnte ich dir vielleicht schon jetzt zu einer Drei-Zimmer-Wohnung verhelfen."

Ilie glaubte, zu spüren, wie ihm das Blut in den Adern

erstarrte. Jetzt war der Mann hinter dem Schreibtisch ihm unheimlich. Er litt unter dessen stechendem Blick und sein Hirn suchte fieberhaft nach Worten.

„Nein ... Wissen Sie, Genosse Dumitrache... Ich kann das nicht tun ... Wie soll ich? ... Ich komme doch gar nicht in dieses Dorf ..."

„Aber du triffst dich täglich mit deiner Freundin in der Fabrik und bestimmt seht ihr euch auch an den Wochenenden. Man erzählt doch über alles Mögliche ... Schau mal, ich verlange bestimmt nichts Unanständiges von dir. Es geht mir eigentlich nur um den allgemeinen Dorfklatsch, wer in die BRD fahren will oder gerade beim Fahren ist, was die Leute halt so erzählen im Zug und sonntags vor der Kirche. Wenn Ihr mal eine Wohnung habt und verheiratet seid, werden die Eltern deiner Freundin dich irgendwann auch akzeptieren, und dann wirst du auch nach Jarmath kommen ... Also, was hältst du davon? ... Das ist deine, eure Chance. Die kriegst du kein zweites Mal mehr."

Wie rasselnde Blechdosen an einem Hundeschwanz hämmerten die Worte des Parteifunktionärs auf Ilie ein und trieben seine diffusen Gedanken in ein schier auswegloses Labyrinth. Seine Hände schwitzten. Er schloss die Augen und hinter seinen Lidern erhob sich Julia aus dem Chaos. Sie stand in einer neuen Wohnung. Er spürte ihre Hände in seinem Genick. Sie schmiegte sich an ihn. Sie waren allein, ungestört, vereint für immer.

„Meinen Sie?", fragte Ilie nach einer längeren Pause ängstlich.

„Ich weiß es", kam die entschiedene Antwort.

„Wenn es nur um belanglose Dinge geht..."

„Na, siehst du? Wir verstehen uns doch prima. Es war schon immer ein besonderes Anliegen unserer Partei, Familiengründungen zu fördern. Du kannst einen Antrag für eine Wohnung beim Wohnungsamt einreichen und, wenn du mir hier diese Erklärung zur Mitarbeit unterschreibst, wie gesagt, es geht nur um ganz alltägliche Dinge, bekommst du ganz bestimmt und in recht kurzer Zeit, wahrscheinlich schon in einem Monat, eine neue Drei-Zimmer-Wohnung im Circumvalațiunii-Viertel."

Ilie war wie benommen. Es gab überhaupt keine klar erkennbare Linie in seinem Denken. Er hatte mit seinen 20 Lebensjahren auch kaum eine Ahnung, was Securitatemitarbeit bedeutete und was man unter Liefern von Informationen so alles verstand. Er spürte bloß dieses ungute Gefühl in der Magengrube. Aber das Bild Julias war hinter seinen Augen und beherrschte für Augenblicke den ganzen Kopf. Er wollte dieses Mädchen heiraten, um jeden Preis.

Der Mann hinter dem Tisch hatte sich in den tiefen Ledersessel zurückgelehnt und war plötzlich weit weg. Ilie hatte das Gefühl, allein zu sein, allein mit seinen chaotischen Gedanken. Er werde seine Liebste überraschen, mit einem Wohnungsvertrag und mit zwei Ringen, Eheringen. Seine Mutter hat ihm das Geld dafür versprochen. Julia wird vor Glück schwach werden und in seinen Armen, an seiner Brust Schutz und Liebe finden. Und sie werden die erste Nacht im Ehebett ohne jeglichen Schlaf, nur mit Liebe, Liebe und immer nur Liebe verbringen.

Da lag das Blatt vor ihm. Der Funktionär hatte es aus dem Schreibtisch gezogen. Die leeren Stellen des Vordrucks waren schon mit blauer Tinte ausgefüllt. Ilie Seres, war dort zu lesen, und das Datum: 31. August 1978.

Ein Kugelschreiber lag auf dem Papier. Ilies Hand griff danach. Sie zitterte ... Er legte ihn wieder hin ... Als er den Raum verließ, blieb das Formular zurück ... mit seiner Unterschrift.

13

Die Menschen standen erzählend beieinander. 16:00 Uhr. Der Zug fuhr in den Fabrikstädter Bahnhof ein. Die Pendlergruppen lösten sich beim Einsteigen auf. In wenigen Minuten war der Bahnsteig leer. Der Bahnhofsbeamte in blauer Uniform blies in seine Trillerpfeife. Kurz und schrill kam die Antwort der Lokomotive. Ein kurzes Schnauben und eine schwarze Wolke, dann ein Ruck. Der Fünf-Uhr-Zug brachte die Pendler zurück in ihre Dörfer.

In den Etagenwaggons, Made in DDR, haben sich schnell neue Gruppen gebildet, sitzende und stehende Fabrik- und Bauarbeiter. Die Gespräche verliefen im Schutz der ratternden Räder. Sie waren nur von den jeweils vertrauten Gesprächspartnern zu vernehmen. Das große Ohr, das durchs Land marodierte, sollte nichts hören.

- Safers Sohn ist durchgegangen. – Das gibt's nicht. Der hat doch am Samstag noch auf der Hochzeit gesungen. – Der Hackmann Franz war heute nicht in der Arbeit. – Dieser Zigeuner, Hackmanns Schwiegersohn, war es. – Gestern haben wieder fünf Familien die Kleinen* bekommen. – Müllers Bruder ist da zu Besuch. Der hat bestimmt Geld mitgebracht. – Gestern Abend hat die Miliz beim Kilzer Albert eine Hausdurchsuchung vorgenommen. – In Jarmath haben sie einen wegen illegalem Besitz von Valuta verhaftet. – Da drüben stehen Jarmather. Ich frag mal nach. – Der Besuch Helmut Schmidts* wird vielleicht doch etwas bewirken. – Was schon? Ohne Geld fährt trotzdem keiner. – Der Hackmann soll gesagt haben, er bringe seine Tochter um. – Hast du das auch gehört? Julias Mann soll den Kilzer verraten haben. – Die Kinder vom Schimmel fehlen schon seit drei Tagen. – Ich glaube, nächstes Jahr gibt es nur mehr eine Kirchweih. – Die Bruckenauer sagen, bei ihnen war heuer schon die letzte. – Der junge Safer soll in einem Fleischtransporter versteckt gewesen sein, zusammen mit einem Musikerkollegen von der Oper. – Ein Arbeitskollege hat mir heute erzählt, der Blumenmann* nehme wieder Geld. – Der Rock Matz war sich nicht bei seinem Bruder verabschieden. – Kein Wunder; der soll ihm ja auch nicht gesagt haben, wo er gezahlt hat. – Am Küttlplatz hat es heute Fleisch gegeben. – Das Brot soll es bald nur mehr auf Lebensmittelkarten geben. – Der Julia scheint das alles sehr nahe zu gehen. Ich habe sie heute in der Abteilung beobachtet. Sie ist so blass und noch schlanker als vorher. – Nächste Woche soll der Ceau* kommen. Wenn er in den Königshofer Wald zum

Jagen fährt, kann es leicht passieren, dass der Fünf-Uhr-Zug wieder Verspätung hat. – Der Hackmann hätte auch mehr Nachsicht zeigen können. Die Zeiten haben sich halt geändert. – Du brauchst diesem Zigeuner gar nicht die Stange halten. – Ich kenne den Kerl zwar nicht, aber ich habe gehört, er soll ein Rumäne und kein Zigeuner sein. – Ist doch egal. Die arbeiten alle für die Securitate, wenn es darum geht, uns zu verkaufen. – Hast du deine Parzellen schon bekommen? – Ja, Zuckerrüben. – Die Hackmanns hätten ihre Tochter auch in die Lenau-Schule schicken sollen, wie alle deutschen Leute. – Wer weiß denn überhaupt, ob sein Schwiegersohn der Informant war? – Wer spielt denn am Samstag die Hochzeit? – Die Bentscheker. – Was, eine fremde Kapelle? Das hat es in Jarmath noch nicht gegeben. Jetzt kann der Untergang nicht mehr weit sein. –

Die Bremsen quietschten. Die Überländer stiegen aus. Fast alle Gespräche waren verstummt. Das große Ohr lauschte vergeblich... Der Zug rollte weiter. Die Lippen bewegten sich wieder, aber auch weiterhin unhörbar für das große Ohr.

- Ihr könnt alle sagen was Ihr wollt, für mich ist und bleibt der ein Securist*. – Unsere Jarmather Rumänen verraten nichts. – Die sperren den Kilzer Albert bestimmt für ein paar Monate ein. – Wenn er Glück hat, bekommt er nur la locul de muncă*. Wie viel haben sie gefunden? – 10.000 Mark. – Jetzt wird der Safer bestimmt auch eingeben. – Der war doch schon mal zu Besuch in Deutschland. Warum ist er denn nicht geblieben? – Na, die Partei. Was denkst du denn? – Und jetzt? Bald ist er vergessen, der Jarmather Musikantenstreit. - Ich war gestern beim Vrăbeți* in Audienz. Ich soll auf eine schriftliche Antwort warten. – Der Loris Hans hat heute den Pass bekommen. Ich habe ihn in der Sălăjan* getroffen. Er war außer sich vor Glück. – Die Jarmather scheinen jetzt die richtige Quelle gefunden zu haben. – Ich mein', wir bleiben bald allein hier. – Norr net brumme, werd schun kumme. - Beim Seibert ist morgen Abend Abschied. Dort wird der Sirol wieder spielen. – Beim Pollemacher hängt auch schon ein Zettel mit „Vindem tot din casă"* im Fens-

ter. -
Der Zug hielt in Jarmath. Die Menschen stiegen aus. Alle hatten Taschen und Tüten in den Händen und die meisten trugen den gleichen Gedanken im Kopf: Deutschland.

14

Ilie atmete in Stößen. Sein Körper war bis in die letzte Sehne gespannt. Seine Hände hielten Julias Schultern umklammert. Sie lag unter ihm, lag nur da und ließ es geschehen.
Ilie hielt inne, öffnete die Augen und begegnete Julias tränenfeuchtem Blick. Es hatte keinen Sinn mehr. Er wusste es. Ein neuer Versuch wäre einer Vergewaltigung gleichgekommen. Das wollte er nicht, das konnte er gar nicht.
Ilie ging ins Bad. Als er zurück ins Bett kam, erhob Julia sich und ging ins Bad. Nach fünf Minuten kam sie zurück, zog das seidene Nachthemd an und legte sich neben ihren Mann, wortlos, traurig.
Die Nachtlampe brannte. Nachts, wenn das Volk schlief, floss immer Strom durch die Leitungen.
Zwei junge Menschen, ein Mann und eine Frau, lagen regungs- und wortlos nebeneinander. Ihre Herzen schlugen füreinander, aber die Welten, aus denen sie kamen, drifteten immer weiter auseinander. Angst bemächtigte sich ihrer. Sie suchten Halt und ihre Hände fanden sich unter der Bettdecke. Beide hielten sich fest, lange, schweigend.
Ilies Stimme klang unsicher, als er fragte:
„Schatz, was hast du?"
„Verzeih mir, aber ich kann nicht. Nicht jetzt."
„Du hattest doch Lust. Wieso hast du dich plötzlich so verkrampft? Und diese Tränen. Habe ich dir weh getan?"
„Nein, das ist es nicht."
„Warum sagst du's mir nicht gleich, wenn du müde bist? Du weißt doch, ich versuche stets, dich zu verstehen."
„Ich bin nicht müde, Ilie." Ihre Stimme klang plötzlich fester und Ilie glaubte, etwas Vorwurfsvolles darin zu vernehmen. Er stützte sich auf den Ellbogen und sah Julia an. Diese

hatte ihren Blick fest an den Plafond geheftet und schien entschlossen, Klartext zu reden:

„Ruhtraud-Oma war heute mit Aprikosen auf dem Heuplatz. Sie hat mir erzählt, unser Nachbar in Jarmath, Kilzer Albert, sei verhaftet worden."

„Ja, und?"

„Die Leute im Dorf munkeln, du hättest ihn verraten."

„Deine Deutschen quatschen das vielleicht."

Julia entzog Ilie ihre Hand, schlug die Bettdecke zurück und sprang aus dem Bett. Ihre Stimme klang wie Stahl und ihre Worte stachen wie Dolche.

„Deine Deutschen! Ja, meine Deutschen. Du hasst sie, diese Deutschen! Und du hasst auch mich ... Du hast gelogen. Immer hast du gelogen ... Du hast mich nie geliebt. Mein Leben hast du zerstört ... für immer und ewig. Warum? Warum hast du das getan? Du bist ein Spitzel! Du ... Ich werde nie mehr nach Jarmath gehen können ... Nie mehr ... Kannst du das verstehen? Nein! Nein!"

Julias Stimme ging in einem unregelmäßigen Schluchzen unter. Sie rang nach Luft. Ihre Augen hatten den Kampfblick von vorhin verloren. Leid, Trauer und Verzweiflung, ein Bündel Unglück stand im Nachthemd vor dem Ehebett, in dem sie unzählige nächtliche Stunden ihren leidenschaftlichen Liebestrieben geopfert hatte.

Ilie war auch aus dem Bett gestiegen. Er stand vor dem Fenster und starrte in den Vollmond. Die Stunde der Wahrheit hatte geschlagen. Diese Nacht wird über sein Leben, über ihr Leben entscheiden. Das ist meine Wohnung, spukte es in seinem Kopf. Das muss ich mir nicht gefallen lassen. Ich jage sie zum Teufel. Bei 1. IUNIE gibt es Frauen genug. Sie soll zu ihren Hitleristen zurückkehren. Was stellt die sich doch vor? Ich wäre heute Student, wenn sie mir den Kopf nicht verdreht hätte. Ich werde ihr sagen, wer wessen Leben zerstört hat.

Mit zusammengepressten Lippen und wutunterlaufenen Augen drehte Ilie sich ruckartig um, als er ein leises Quietschen vernahm, und erschrak. Julia stand vor dem Schrank und hielt einen kleinen Koffer in der Hand. Ihre schlanke, wohlgeformte Figur strahlte durch das durchsichtige Nachthemd eine betörende Weiblichkeit aus. Ihr blasses Gesicht war schöner als je zuvor. Eine Fee schwebte durch das kleine Schlafzimmer, kaum vernehmbar aber mit entschlossenen Bewegungen, so als wäre sie allein im Raum.

Schlagartig verwandelte sich Ilies Wut in Unbehagen und gleich danach in Angst.

„Was machst du da?"

„Ich gehe fort!"

„Wo willst du denn hin?"

„Nach Hause."

„Nein! Dein Vater bringt dich um."

„Das wird dich am wenigsten interessieren."

„Ich lass dich nicht gehen."

Ilie machte Anstand, sich Julia zu nähern. Die aber streckte beide Arme abweisend aus.

„Bleib wo du bist. Rühr mich nicht an, sonst passiert etwas Schlimmes."

Julias Bewegungen wurden immer unkontrollierter. Auch Ilie spürte ein starkes Zittern in den Knien. Ich darf sie nicht verlieren, war jetzt der einzige Gedanke, dessen er noch fähig war.

„Julia, bitte, lass uns miteinander reden. Bedenke doch, wir hätten bis heute keine Gelegenheit gehabt zusammen zu leben, wenn ich nicht unterschrieben hätte. Ich habe es nur für dich getan, für uns, damit wir endlich beisammen sein konnten. Bitte, versuch das zu begreifen."

Julia stellte das Kofferpacken ein. Die Unsicherheit, die sie in den letzten Augenblicken schleichend befallen hatte, gewann langsam die Oberhand. Und da war plötzlich diese unstillbare Liebe wieder, zu der sich jetzt auch noch Mitleid mit diesem armen Sünder, ihrem armen Sünder, gesellte.

„Was hast du getan?"

Ilie erzählte ausführlich, wie er damals, vor fast zwei Jahren, so schnell zu dieser Neubauwohnung im fünften Stock eines Hochhauses im Circumvalaţiunii-Viertel gekommen war. Er gestand auch, dass er alles, was Julia ihm ab und zu über Jarmath erzählt hatte, der Securitate mitgeteilt habe, und dazu zählte auch die Nachricht, dass die Familie Kilzer Besuch aus Deutschland bekommen hatte und man im Zug vermutete, diese Verwandten hätten deutsches Geld zum Auswandern mitgebracht.

„Ich habe es nur getan, um mit dir leben zu können", beschwor Ilie seine Frau.

Die zwei bebenden Gefühlsvulkane standen längst wieder dicht voreinander. Die Blitze aus Julias Augen waren mit dem abklingenden Gewitter weitergezogen. Ihr Widerstand war gebrochen. Sie liebte diesen Mann zu sehr. Seine Hände glitten über die Seide, von den Hüften hinab zu den Schenkeln, hoben das Hemd ... Ihre Münder verbissen sich ineinander ... Sie streifte ihm den Slip ab ... Die Leiber sanken in Julias auf dem Bett ausgebreitete Wäsche ... Der Mond grinste ...

- - -

Drei Uhr, Sonntagmorgen. In der Küche der Eheleute Julia und Ilie Seres brannte das Licht. Julia goss heißen Kaffee in die zwei Tassen. Ilie brannte zwei Zigaretten an und schob Julia eine zwischen die Lippen. Sie war keine Raucherin, lehnte jetzt aber nicht ab.

„In zwei Wochen müssen alle Frauen unserer Abteilung zum Frauenarzt", sagte Julia. „Hätte ich es nur schon hinter mir."

„Wirst du ihm sagen, dass deine Regel nicht gekommen ist?"

„Nein. Eine Kollegin hat mir eine von diesen griechischen Spritzen versprochen. Dann werde ich es innerhalb von 24 Stunden verlieren."

„Ich will dieses Kind", sagte Ilie.

„Aber ich nicht. Mit was willst du es denn großziehen? Du siehst doch, man bekommt nichts."

Julia hätte gerne noch mehr gesagt, aber sie spürte das Misstrauen, das sich in dieser Nacht, trotz der letzten halben Stunde, zwischen sie und ihn geschoben hatte, und auch Ilie fühlte, dass ihr gewohnter Alltag in dieser frühen Morgenstunde wohl noch eine Weile auf sich warten lassen wird.

Aber er war jetzt lockerer und zuversichtlicher als Julia, denn er hatte spontan nach dem ersten Schluck Kaffee und einem kräftigen Zug an der Zigarette einen Entschluss gefasst, den er keine Minute länger für sich allein behalten wollte.

„Schatz, ich liebe dieses Kind in deinem Bauch genauso wie dich und ich will, dass es in einem Land geboren wird, in dem es auch Orangen und Bananen und Schokolade essen kann."

„Jetzt spinnst du aber gewaltig. Sage bloß, du willst nach Deutschland fahren; jetzt, nachdem du ..."

Ilie hatte Julia blitzschnell die Hand auf den Mund gelegt. Er beugte sich weit über den Tisch, sah ihr tief in die Augen und sagte mit entschlossener Stimme:

„Ich werde dir zeigen, dass ich kein Informant aus Überzeugung geworden bin und ich werde alles Mögliche versuchen, um meinem Kind mit gutem Gewissen in die Augen schauen zu können. Und das in einer freien Welt! Aber bitte, vergiss diese Spritze!"

15

Ruhtraud legte den Weg vom Fabrikstädter Bahnhof bis zum Heuplatz zu Fuß zurück. Das Körbchen mit Aprikosen war schwer, aber das Gedränge in der Straßenbahn und besonders das Stoßen beim Einsteigen an der Bahnhofshaltestelle waren ihr zuwider. Ein Platz auf dem Wochenmarkt war ihr sowieso sicher, denn sie hatte mit Fizigoi, einem der Fuhrmänner, schon zwei große Weidenkörbe mit Aprikosen vorausgeschickt. Dieser fuhr mit seinem Pferdewagen schon früh um drei Uhr los, damit er spätestens um halb sechs mit dem Fratschelsach auf dem Heuplatz sein konnte.

Franz Hackmann, ihr in letzter Zeit kaum noch zu ertragender Schwiegersohn, hatte ihr das Körbchen zwar in Jarmath bis an den Bahnhof getragen, in der Stadt überließ er es aber ihr, obwohl er den gleichen Weg hatte. Er nahm lieber die Straßenbahn, ohne Körbchen, obzwar er erst um sieben Uhr auf der Baustelle, unweit des Wochenmarktes, sein musste.

Ruhtraud grämte sich nicht mehr darob. Sie hatte sich längst mit dem rüden Umgang ihres Schwiegersohnes abgefunden. Ja, sie versuchte sogar, ihn zu verstehen. Er hatte es nie verkraftet, dass seine missratene Tochter, wie er oft im Suff grölte, bei seiner Schwiegermutter Verständnis für ihr lasterhaftes Verhalten gefunden hatte. Und er wusste, dass Julia und „ihr Zigeuner" bei jeder Gelegenheit, vor oder nach Schichtende, über den Wochenmarkt gingen, um mit ihr zu reden.

- - -

Dieser Julitag war besonders heiß und Ruhtraud war froh, einen Platz im Schatten zu haben. Das Geschäft war bisher gut gelaufen. Selbst die schon überreifen Aprikosen konnte sie alle verkaufen. Die Leute kochten sich Marmelade, war doch das Angebot der Lebensmittelläden äußerst dürftig.

Ruhtraud hätte sogar schon mit dem 12:00-Uhr-Zug nach Hause fahren können, aber das fiel ihr gar nicht ein. Julia und Ilie würden vorbeikommen. Ein Kilo der schönsten Aprikosen hatte sie noch in ihrem Körbchen unter dem Tisch aufbewahrt, für ihre Enkelkinder.

Ihr Herz jubelte immer, wenn sie sich diesen Ausdruck, meine Enkelkinder, bewusst zu Gemüte führte. Der Gram über das Leid Susannes, die unter der sekkantischen Knute ihres immer mehr dem Alkohol verfallenden Gatten Unsägliches, von täglichen Beschimpfungen bis zu Schlägen, ertrug, war vergessen, wenn die zwei, meist gut gelaunt, vor ihrem Verkaufstisch auftauchten.

Auch heute standen sie pünktlich um viertel drei vor ihr. Ruhtraud sah aber gleich, dass beide viel ernster als gewöhnlich dreinblickten.

„Na, wie schaut Ihr denn heute in die Welt?", empfing sie die jungen Leute. „Hat es Schwierigkeiten auf der Arbeit gegeben?"

„Omi", antwortete Julia mit unterdrückter Stimme, „wir haben dir etwas ganz Wichtiges mitzuteilen. Du musst uns aber versprechen, niemand, auch Mutter nicht, etwas davon zu erzählen."

„Was ist denn passiert? Warte einen Augenblick. Ich stelle nur den Korb unter den Tisch, damit keine Käufer mehr stehen bleiben."

Ruhtraud deckte die paar Aprikosen, kein ganzes Kilo mehr, mit einer dunkelblauen Schürze zu und stellte den Korb mit der Bemerkung unter den Tisch: „Nur keine Angst. Die schönsten habe ich für euch im Henkelkörbchen."

„Die brauchen wir heute nicht", sagte Julia mit leiser Stimme, während Ilie sich vorsichtig umsah.

„Aber warum denn nicht?"

„Omi, wir werden heute nach Deutschland gehen."

Ruhtrauds Augen weiteten sich vor Schreck. Ihre rechte Hand fuhr spontan zum Mund, um einen Schrei zu unterdrücken; die linke drückte sie auf die Brust.

„Aber Kinder, das dürft ihr nicht tun. Es ist schon so viel geschehen. Denkt doch ..."

„Omi, bitte, beruhige dich. Wir müssen jetzt gehen. Lass dir nichts anmerken und sage Mutter ja nichts. Die hat genug Kummer. Mach dir keine unnötigen Sorgen. Es ist alles gut geplant. Ihr werdet bald von uns hören."

Ruhtraud fand keine Worte mehr. Sie wollte warnen, wollte abraten, wollte verhindern, stand aber nur rat- und hilflos da. Allein ihre Augen sprachen Bände. Ein einziges Gefühl war ihnen abzulesen: Angst, unheimliche Angst.

„Omi. Um Gottes Willen, du darfst jetzt nicht weinen. Sei ganz stark. Das warst du doch immer. Wir werden euch bestimmt nachholen. Ihr bleibt sicher nicht die letzten Deutschen in Jarmath. Sag das Mutter, aber erst nachdem wir uns von drüben gemeldet haben."

„Julia, wir müssen gehen." Ilie wurde unruhig.

„Leb wohl, Omi. Wir gehen jetzt. Nein, nein. Du darfst uns nicht die Hand geben. Das sieht nach Abschied aus. Also, es bleibt alles unter uns."

„Ja ... Gott mit euch", konnte Ruhtraud nur noch leise sagen und den Enteilenden nachschauen, bis sie auf der Begabrücke im Menschenstrom verschwunden waren.

Auf dem Weg zum Bahnhof dachte Ruhtraud nach, wie lange es wohl her sein möge, seit sie das Wort Gott nicht mehr ausgesprochen hatte, und im Zug wurde ihr zum ersten Mal schmerzlich klar, wie viele vertraute Gesichter nicht mehr da waren und wie viele fremde, fast nur noch rumänisch sprechende Menschen den Zug füllten.

16

Eine Woche war verstrichen und Ruhtraud trug die geheime Last mit steigender Mühe. Jeden Tag öffnete sie den Postkasten mit größerer Anspannung. Nichts!

Susanne hatte schon zweimal nach Julia gefragt und Ruhtraud hatte jedes Mal tapfer gelogen. Aber lange würde sie dieser Situation nicht mehr gewachsen sein. Das wusste sie allzu gut. Ihr Haar war unter dem Kaschmirkopftuch endgültig ergraut. Die Sorge um Julia und Ilie war zu ihrem einzigen Lebensinhalt geworden.

Wo mögen die zwei jetzt sein? In der Stadt sind sie sicher nicht mehr. Andernfalls wären sie längst schon am Heuplatz vorbeigekommen. Am liebsten wäre sie hinaus ins Circumvalațiunii-Viertel gefahren, um an ihrer Wohnungstür zu klingeln. Einmal war sie schon dort und hätte den Weg jetzt bestimmt auch allein zu dem hohen Block gefunden, aber sie traute sich nicht. Ihr Versprechen hielt sie davon ab.

Vielleicht sind sie in Jugoslawien eingesperrt. Bei anderen hat es auch Wochen gedauert, bis sie sich aus Deutschland gemeldet haben. Ja, so wird es sein.

Wenn die beiden aber heute doch über den Platz gehen sollten, wird sie nicht dort sein. Sie hatte Julia nicht gesagt, dass sie diesen Mittwoch, also einen Tag früher als üblich, zu den Ardeleans fährt. Frau Ardelean wollte die Fenster putzen und sie, Ruhtraud, sollte ihr dabei helfen.

Aber die sind bestimmt schon in Deutschland oder im

schlimmsten Fall in Serbien, dachte Ruhtraud, tief Luft holend, und blickte in den dichten Jagdwald. Die Bäume rasten vorbei, unbekümmert, alle in die gleiche Richtung. Nur ab und zu flog ein kleiner Vogel am Abteilfenster vorbei, so als wollte er verdeutlichen, dass sich doch nicht alles in diesem Augenblick nur in eine Richtung fortbewegte.

Es fuhren nie viele Leute mit dem 10:00-Uhr-Zug in die Stadt und Ruhtraud war froh, allein im Abteil zu sein, allein und ungestört mit ihren Gedanken und quälenden Sorgen um Julia und Ilie. Längst machte sie keinen Unterschied mehr zwischen dem eigenen und dem eingeheirateten Enkelkind. Sie wunderte sich oft über ihre merkwürdige Zuneigung zu diesem Jungen, konnte aber keine plausible Erklärung dafür finden und führte sie eben auf ihre Liebe zu Julia zurück.

- - -

Am Fabrikstädter Bahnhof nahm Ruhtraud die Straßenbahn und fuhr bis vor den Sitz des Kreisparteikomitees. Sie ging gerne durch den Pionierpark, wenn dieser Weg auch nicht der kürzeste zu den Ardeleans war. Die unbesorgt spielenden und lärmenden Kinder taten ihrem strapazierten Gemüt gut. Aber heute brachte sie auch dieses unbeschwerte Herumtoben der Kinder in Verbindung mit Julia und Ilie. Die werden auch mal Kinder haben und sie, Ruhtraud, wird sich kaum als liebevolle Urgroßmutter dienlich zeigen können, denn ihr Schwiegersohn ... Mein Gott ... Julia?!

Die Vermutung fuhr wie ein Blitz in Ruhtraud und sie ließ sich unwillkürlich auf eine nahe Bank nieder. Julia sah seit einigen Wochen blendend aus. Weibliche Reife hatte sich über ihre vorher so schlanke Gestalt gelegt. Ihre Augen hatten einen glücklich strahlenden Ausdruck ... Julia! Das Mädchen ist schwanger ... Ja, ihr Gesicht blühte wie eine Rose... Sie war die vergangene Woche so schön wie nie zuvor ... Oh Gott ... In diesem Zustand...

Instinktiv faltete Ruhtraud die Hände und saß bestimmt eine viertel Stunde regungslos unter einer hundertjährigen Eiche. Bei einem vorbeigehenden jungen Mann musste sie in dieser Stellung einen bedenklichen Eindruck hinterlassen haben, denn er fragte sie nach ihrem Wohlbefinden und riss sie so dankenswerterweise aus ihrem Grübeln.

- - -

Die Ardeleans wohnten am Rosenpark und Frau Ardelean hatte schon Angst, Ruhtraud würde nicht mehr kommen. Als die dann endlich eintraf und sich umsah, wusste sie gleich, hier ging es nicht nur ums Fensterputzen, sondern da war ein gründlicher Sommerputz geplant. Sie fand das gut, denn es würde sie bis in den Nachmittag hinein von ihren Gedanken ablenken.

Frau Ardelean war zwar nicht die geborene Putzfrau, aber sie griff ohne Scheu zu, wo es galt, das eine oder andere Möbelstück zu bewegen. So haben die zwei Frauen es wirklich geschafft, die Wohnung in etwas mehr als vier Stunden - eine gute halbe Stunde Mittagspause hatten sie sich schon gegönnt - auf Vordermann zu bringen.

„Wie kannst du das nur, in deinem Alter noch so zu arbeiten?", fragte Frau Ardelean, Ruhtraud den Putzlappen aus der Hand nehmend. „Jetzt reicht es aber. Wem es nicht gefällt, der soll eben wegschauen. Nein, du setzt dich jetzt hier an den Tisch und ich mache einen Kaffee."

„Ich habe keine Zeit mehr zum Kaffeetrinken", sagte Ruhtraud, auf die Uhr schauend. „Ich will den Zug um 16:00 Uhr noch erreichen."

„Ruhtraud, mein Mann will mit dir reden. Er bittet dich, zu warten, bis er von der Arbeit kommt. Du hast doch zwischen 18:00 und 19:00 Uhr noch eine Zugverbindung nach Jarmath."

Ruhtraud spürte, wie ihr die Hitze ins Gesicht stieg und ihr Atem plötzlich stockte. Sie wollte antworten, brachte aber kein Wort hervor. Mircea Ardelean war seit einigen Jahren Kommandant der Grenztruppen entlang der Festlandgrenze zu Jugoslawien. Sollte er etwa ...?

Frau Ardelean stand mit dem Rücken zu Ruhtraud und bemerkte die Veränderung im Gesicht der wieder um etliche Jahre gealterten Frau nicht. Ruhtraud gehörte zu ihren Vertrauenspersonen. Es gab nur wenige Probleme die sie nicht mit ihr vorbehaltlos besprechen konnte. Die Frau des Offiziers hatte es mit den Jahren gelernt, besonders Ruhtrauds Verschwiegenheit zu schätzen. Sie plauderte daher auch jetzt wohlgelaunt weiter über Gott und die Welt und hielt erst erschrocken inne, als sie sich umdrehte und das plötzlich viel älter wirkende Gesicht Ruhtrauds sah.

„Pentru Dumnezeu*, was ist denn? Ruhtraud, geht es dir nicht gut? Wie siehst du denn plötzlich aus? Komm, leg dich ein wenig um. Ich habe dir gesagt, mach langsamer, morgen ist noch ein Tag."

„Nein, nein, es geht schon wieder. Das kommt nicht von der Arbeit. Es wird schon wieder besser." Frau Ardelean war noch nie so schnell bei der Sache, wie jetzt beim Eingießen des dampfenden Kaffees in die bereitstehenden Tassen.

„Trink bitte. Der heiße Kaffee wird dir gut tun."

Ruhtraud trank gemächlich und erlangte ihre Kräfte allmählich wieder. Frau Ardelean setzte sich ihr gegenüber und sah, wie langsam Farbe in ihr Gesicht kam.

„Danke. Es wird wieder alles gut", sagte Ruhtraud, ohne allerdings den Eindruck verwischen zu können, dass sie in großer Sorge war.

Die Offiziersfrau sah das natürlich, wollte aber nicht indiskret werden. Sie schätzte die jetzt übermäßig alt und gebrochen wirkende Frau, die schon ihren Schwiegereltern den Haushalt führte, zu sehr, um weiter an ihrem Kummer zu rütteln.

So saßen die zwei Frauen sich ziemlich lange schweigend gegenüber und Frau Ardelean wollte gerade einen Gesprächsfaden langsam wieder mit belanglosen Alltagsthemen knüpfen - es war immerhin noch lange nicht alles an gewohnter Stelle in der Wohnung -, als das Sperrgeräusch eines Schlüssels von der Eingangstür her zu hören war.

Das konnte nur Oberst Mircea Ardelean sein. Frau Ardelean war froh, dass ihr Mann heute früher kam, und sie war sich sicher, er würde Ruhtraud nicht länger als unbedingt nötig aufhalten. Er hatte sie aber nicht auf sein Anliegen vorbereitet. Darum war sie auch jetzt wieder ratlos, als sie

Ruhtrauds ängstlichen Blick auf die Tür gerichtet sah, wusste sie doch, wie sehr ihr Mann diese Jarmather Frau schätzte.

Oberst Mircea Ardelean, ein stattlicher Mittfünfziger, legte seinen grünen Rock mit den jeweils drei Sternen auf den Epauletten ab und kam in die Küche. Er küsste seine Frau und reichte Ruhtraud die Hand zum Gruß. Die üblichen scherzhaften Bemerkungen blieben diesmal aus. Er wirkte sehr angespannt.

Sich einen Küchenhocker heranziehend, bat er seine Frau um eine Tasse Kaffee und wendete sich Ruhtraud zu.

„Wo ist deine Enkelin?", fragte er unverblümt, und seine Stimme klang ungewohnt barsch, so dass Frau Ardelean sich erschrocken an der Küchenplatte, wo sie eben den Kaffee eingoss, umdrehte.

Der Oberst warf seiner Frau einen kurzen Blick zu, und das schien auszureichen, um sofort die Veränderung in Ruhtrauds sonst so aufrechter Sitzhaltung zu registrieren. Er ergriff die zitternde Hand der jetzt sichtlich verwirrten Frau zu seiner Rechten und seine Stimme wurde zutraulich, ja sogar liebevoll, wie immer halt, wenn er sich mit ihr unterhielt.

„Traudi, am vergangenen Donnerstag wurde ein gewisser Ilie Seres bei einem Fluchtversuch über die Donau erschossen. Ich habe das gestern erfahren."

Ruhtrauds Blick ging ins Leere. Ihre Augenränder waren gerötet und ihr Atem ging schwer. Frau Ardelean war hinter sie getreten und hatte ihr die Hände auf die Schultern gelegt. Sie fürchtete jetzt wirklich, Ruhtraud könnte in Ohnmacht fallen.

Der Oberst trank einen Schluck Kaffee und fuhr dann fort:

„Traudi, war Julia bei ihm? Bitte! Du musst es mir sagen!"

Ruhtraud nickte und eine erste Träne fand ihren Weg über die blasse eingefallene Wange. Das war für den erfahrenen Offizier eigentlich das Zeichen, weitere Details preiszugeben. Er wartete, bis Ruhtrauds Zustand sich ein wenig stabilisiert hatte, und sprach dann weiter:

„Es waren angeblich drei Personen in einem Fischerboot. Das Boot hat das jugoslawische Ufer erreicht. Man weiß aber nicht, ob noch eine oder zwei Personen drin waren. Der Vorfall hat sich im Morgengrauen ereignet. Es lag ein Nebelschleier über der Donau. Der Mann muss von der Wucht einer Kugel aus dem Boot geschleudert worden sein. Seine Leiche wurde vorgestern etwa 20 Kilometer flussabwärts von Fischern im Schilf gefunden. Mehr konnte ich auch nicht erfahren. Die Donaugrenze liegt nicht mehr in meinem Zuständigkeitsbereich"

Ruhtraud stellte keine Fragen und bat nicht um Erklärungen. Sie spürte nur das Leid in ihrem Herzen. Sie war auch nicht fähig, irgendwelche Gedanken klar zu lenken. Alles ging in ihrem Kopf durcheinander.

Der altgediente Grenzler hatte die Lage erkannt und wusste, dass er dieses Gespräch so schnell wie möglich beenden musste.

„Traudi, es tut mir sehr, sehr leid, aber du darfst ab heute diese Wohnung nicht mehr betreten."

„Nein, nein!" Dieser Aufschrei kam von Frau Ardelean.

Ruhtraud blieb regungslos sitzen. Nur ihr Blick schien jetzt ein erkennbares Ziel zu haben. Sie sah den Mann direkt an. Der Oberst konnte in ihren Augen eine unsägliche Traurigkeit, aber auch Verständnis für das Unfassbare seiner Worte lesen.

Dann stand er auf und führte seine Frau behutsam ins Nebenzimmer.

„Draga mea"*, sagte er mit einem Bedauern in der Stimme, wie seine Frau es bisher nie von ihm gehört hatte, „ich kann nicht anders. Dieser Ilie Seres war ein Informant der Securitate. Das macht alles noch viel schlimmer. Der Fall wurde nicht von der Staatsanwaltschaft übernommen. Eine Sonderkommission der Securitate hat die Ermittlungen aufgenommen. Wenn diese Schnüffler herausbekommen, dass die Großmutter einer gewissen Julia Seres unsere Haushaltsgehilfin ist, steht nicht nur mein Posten, sondern auch meine Freiheit auf dem Spiel."

Niedergeschlagen begleitete Rodica Ardelean ihren Mann zurück in die Küche. Beide waren überrascht, als sie ihre treue Haushälterin Ruhtraud Brunmayer zum Aufbruch bereit, aufrecht dastehen sahen. Ruhtrauds Schultern waren gestrafft wie eh und je. Nur ihr Gesicht konnte das schnelle Altern der letzten Tage nicht mehr verbergen. Aber ihre Augen waren trocken und ihre Stimme klang gefasst und entschlossen, keinen Widerspruch duldend, als sie dem Oberst zuvorkam:
„Sie dürfen mich nicht begleiten. Der Name Ardelean wird nie über meine Lippen kommen. Das schwöre ich bei Gott. Ihr seid beide gute Menschen. Ich möchte euch für die vergangenen Jahre herzlich danken. Lebt wohl!"
Dann schritt Ruhtraud Brunmayer erhobenen Hauptes an Oberst Mircea Ardelean und seiner Gattin Rodica vorbei in den Vorraum, ins Treppenhaus, auf die Straße, durch den Rosenpark, bis in den Pionierpark. Dort sank sie auf eine Bank und weinte hemmungslos.

- - -

Oberst Ardelean und seine Frau saßen an diesem späten Sommernachmittag noch lange am Küchentisch und starrten sprach- und reglos in ihre leeren Kaffeetassen.

- - - -

V

Tauwetter

1

Julia Seres, geborene Hackmann, war eine einunddreißigjährige, selbstbewusste Frau und Mutter eines neun Jahre alten, lebhaften Jungen. Die Menschen, die Julias Lebenslauf in groben Zügen kannten, wunderten sich unisono über ihre Teenagerausstrahlung.

Nichts in ihrem meist fröhlichen Gesicht und schon längst nichts in ihrer schlanken Figur, der so mancher Mann verstohlene Blicke nachwarf, verriet etwas von jenen schrecklichen Morgenstunden vor zehn Jahren auf der Donau zwischen Rumänien und Jugoslawien, von ihrer Haft in einem Belgrader Frauengefängnis, von der folgenden Erlösung durch die Aushändigung eines deutschen Reisepasses seitens der Deutschen Botschaft in Belgrad, von ihrer Ankunft in Nürnberg - ganz allein auf sich gestellt -, den unangenehmen Fragen eines Beamten nach ihren Fluchtmotiven und dem Fluchtverlauf, von der absurden Angst, der Beamte könnte sogar ein rumänischer Spion sein, ein im Ausland tätiger Securitate-Mitarbeiter, von der Aushändigung des Begrüßungsgeldes und des Registrierscheines, der Überweisung nach Sandersdorf und von dort ins Übergangswohnheim für Aussiedler in die Breslauer-Straße nach Ingolstadt. Man hatte sie gefragt, wo sie eigentlich hin wolle. Ihr sei das egal, hatte sie geantwortet. Und so ging sie dann jeden Tag an die Donau vor ihrer Wohnung und blickte stromabwärts. Niemand hörte die Gespräche, die sie mit dem wachsenden Kind in ihrem Leib führte. Wehklagen, aber auch leise Hoffnungsschimmer bestimmten ihre ersten Monate in Deutschland.

Im Frühling des folgenden Jahres erblickte Ilias Hackmann das Licht der Welt und bescherte Julia die ersten Erfahrungen mit dem deutschen Amtsschimmel. Aber Ende gut, alles gut: In Ilias' Geburtsschein wurde der Familienname Hackmann eingetragen. Julia bekam im Übergangswohnheim ein kleines Appartement für sich und ihren kleinen Burschi, wie sie ihr Büblein liebevoll nannte, allein, worauf sie sich sehr freute, denn die Frau, mit der sie sich bis dahin ein Zimmer teilen musste, war alles andere als eine altruistisch gesinnte Person.

Gleich nach ihrer Ankunft in Sandersdorf hatte sie beim Arbeitsamt Ingolstadt Arbeitslosengeld beantragt und auch bewilligt bekommen, so dass sie mit einem zwar bescheidenen, aber immerhin festen Einkommen für längere Zeit rechnen konnte. Das machte ihr Mut.

Glück hatte sie auch mit den Landsleuten, die im Wohnheim lebten. Eine Frau aus der Jarmather Karlsgasse versprach ihr, sich um den kleinen Ilias zu kümmern. Also konnte sie sich bald auf Arbeitssuche begeben.

Das war insofern nicht einfach, als Julia keine Schulabschlusszeugnisse vorzeigen konnte und daher die Personalsachbearbeiter der Firmen erst einmal von der Wahrheit ihrer Aussagen überzeugt werden mussten. Nach mehreren erfolglosen Vorstellungsgesprächen schenkte man bei der Firma BÄUMLER ihren Bewerbungsausführungen Glauben und sie bekam einen befristeten Arbeitsvertrag als Halbtagskraft im firmeneigenen Ausstellungs- und Verkaufsraum. Als ehemalige Qualitätskontrolleurin und mit ihren hervorragenden Sprachkenntnissen, was man ja von einer Aussiedlerin nicht unbedingt erwartete, lebte Julia sich sehr schnell ein und bekam auch bald einen unbefristeten Vertrag.

Als Ilias drei Jahre alt war, zog sie mit ihm in die Weisberger-Straße. Die Wohnung in der Anlage aus den dreißiger Jahren bot kaum irgendeinen Komfort, war aber sehr billig, billiger als ihre Unterkunft im Übergangswohnheim an der Breslauer-Straße.

Sie konnte auch ihrer Arbeit weiterhin unbesorgt nachgehen, wusste sie ihren Burschi doch im Canisius-Kindergarten gut aufgehoben. Übrigens war das Umfeld der Canisius-Kirche ein Glücksfall für sie, denn eine dort aktive

Mutter-Kind-Gruppe ermöglichte es ihr, schnell eine Ringseeerin zu werden. Und als der Pfarrer eines Tages an ihrer Wohnungstür klingelte und ihr 200 DM als Starthilfe überreichte, glaubte sie sogar, etwas von den Launen der stets unergründbaren Schicksalsströmungen zu spüren.

Dieser Lebenswandel Julias kann natürlich leicht den Eindruck erwecken, wir würden von einer wunschlos glücklichen allein erziehenden Vorzeigemutter reden. Dem ist nur beim betrachten der Äußerlichkeiten so.

In Julias Herz sah es oft düster und einsam aus. Ihr täglicher Weg zur Arbeit führte sie über die Donau, den Strom, dem sie ihren geliebten Ilie opfern musste, um selbst in einem freien Land leben zu können. Sie wusste noch immer nichts Genaues über sein Schicksal. Hat er in einem Grab seine letzte Ruhe gefunden oder hat der Strom ihn gar für immer behalten? Alle diesbezüglichen Fragen an Ruhtraud-Oma blieben unbeantwortet, ebenso zwei Anfragen an das rumänische Innenministerium. Während sie sich von den Behörden in Bukarest kaum eine Klärung des Falles erhofft hatte, ließ Ruhtraud-Omas Schweigen sie vermuten, dass die alte Frau doch etwas wisse, sich aber nicht traue, ihr schreckliches Wissen, einem mit großer Wahrscheinlichkeit zensurierten Brief anzuvertrauen oder gar andere Personen, wie etwa Jarmather Aussiedler oder gelegentlich im Dorf aufkreuzende Deutschländer auf Heimatbesuch, in dieses Drama einzuweihen. Natürlich hatte es damals gewaltig in der Jarmather Gerüchteküche gedampft, sowohl in der verbliebenen Dorf- als auch in der hiesigen Heimatortsgemeinschaft. Vieles davon war auch an Julias Ohr gedrungen. Wahrheitsgetreue Informationen hatte sie eigentlich nur von ihrer Großmutter erwartet. Aber die sind nie gekommen.

Gegen Ende der achtziger Jahre hatten weit mehr als die Hälfte der Deutschen Jarmath bereits verlassen. Die Briefe von daheim klangen von Jahr zu Jahr auch ohne die traurige Gewissheit über Ilies Ende immer deprimierender. Ihre Eltern und Ruhtraud-Oma harrten weiter aus, mussten ausharren. Wie sollte es auch anders sein? Ohne Schmiergeld läuft nichts, hieß es mittlerweile ganz offen. 8000 DM musste man angeblich an zwielichtige Gestalten in Temeswar für einen Ausreisepass zahlen. Wo sollte sie so viel Geld für drei Personen hernehmen oder bis wann würde sie diese Summe sparen können?

Ab und zu nahm sie die BANATER POST zur Hand und blätterte sie durch, um meistens auf einer der letzten Seiten zu verweilen. Dort fand sie in der Rubrik „Wir begrüßen als Aussiedler" die Namen jener, die in Nürnberg registriert wurden. Sie dachte sich stets dabei: Wenn immer weniger bleiben, müssen ja auch meine Leute mal an der Reihe sein, vielleicht auch ohne Kopfgeld, denn der deutsche Staat zahlt doch schöne Ablösesummen für die Aussiedler. Der größenwahnsinnige Ceaușescu soll aber einer regelrechten Valuta-Sucht verfallen sein und nicht mehr satt werden. So erzählten zumindest die Jarmather, die sie ab und zu bei Veranstaltungen des Ingolstädter Vereins der Banater Schwaben traf.

- - -

Der 22. Dezember 1989 war ein Freitag. Julia befand sich auf dem Heimweg von der Arbeit. Stille Weihnachtsvorfreuden hatten sie ergriffen, als ihr beim Verlassen des Firmengeländes vom benachbarten SCHUBERT&SALZER-Werk Weihnachtsklänge zuflogen. Die Werkskapelle spielte dort anscheinend in einer Halle mit gekippten Fenstern. Ansonsten war der Tag nicht besonders weihnachtlich. Es regnete und die Wetterdienste sagten noch keinen Schnee voraus.

Als Julia von der Südlichen Ringstraße in die Asamstraße einbog, meldete Radio Bayern 1, Nicolae und Elena Ceaușescu wären auf der Flucht vor demonstrierenden Volksmassen in Bukarest. Eine wahrhaft euphorische Stimmung ergriff Julia bei dieser Meldung. Endlich! Der Diktator und sein Klan stürzen und Ruhtraud-Oma und ihre Eltern werden auch ausreisen können. Ja, es wird bestimmt so kommen wie in allen Ostblockstaaten. Und sie selbst wird nach Rumänien fahren können und endlich Gewissheit über Ilies Schicksal erlangen und hoffentlich Blumen auf sein

Grab legen können.

Dann war sie wieder da, diese Melancholie, die sie seit zehn Jahren nicht losließ; es war die Liebe und die Erinnerung für und an den Mann, der für ihre gemeinsame Zukunft alles auf ein Spiel gesetzt hatte und dabei alles verlor, der Vater ihres Kindes.

Julia nahm Ilias in der Bürgerhilfe ab, fuhr nach Hause und tat, was sie immer tat, wenn ihr Herz vor Gram und Einsamkeit weinte. Sie nahm ein in schwarzes Leder gebundenes Heft aus der Schublade ihres Nachtkästchens, blätterte eine Weile darin herum, las ab und zu und blätterte wieder, nahm dann ein leeres Blatt Papier und einen Kugelschreiber, und während Ilias sich an seine Legobaustelle begab, legte sie sich aufs Bett, blickte an die weiße Zimmerdecke und schrieb in unregelmäßigen Abständen etwas auf das Blatt. Nach zirka einer halben Stunde setzte sie sich zu Ilias ins Wohnzimmer und übertrug die fertigen Verse mit schöner Handschrift in das schwarze Heft.

Sie las das Gedicht noch einmal durch - diesmal war es in rumänischer Sprache verfasst -, schrieb mit einem zufriedenen Lächeln die Zahl 100 darüber und legte das Heft behutsam wie eine heilige Reliquie zurück in die Schublade. Dann schaltete sie das Radio ein und ging in die Küche. Das Abendmahl musste auch nach solch schweren Minuten zubereitet werden.

An diesem frühen Winterabend tat sie dies aber mit der langsam in ihr aufsteigenden Vorahnung, die schönsten Weihnachten, seit sie hier in Ingolstadt lebte, zu verbringen, auch wenn sie genauso einsam und allein mit ihrem Burschi sein werde, wie all die Jahre zuvor. In diesem Augenblick war ihr diese einsame Zweisamkeit sogar innig willkommen, ein Gefühl, das sich in eine schwer definierbare seelische Verzückung zu verwandeln begann, als ein Ruf aus dem Wohnzimmer zu ihr drang: „Mutti, ich bin hungrig!"

2

Ruhtraud Brunmayer war allein zu Hause. Ihre Tochter Susanne und ihr Schwiegersohn Franz weilten in Bukarest, um das ungarische und österreichische Durchreisevisum in ihre Ausreisepässe eintragen zu lassen.

Das Haus war schon fast leer, viele Möbelstücke verkauft. Im Wohnzimmer stapelten sich Kartons mit Geschirr und Kleidersachen. Soviel wie möglich sollte davon nach Deutschland mitgenommen werden, obwohl erst vorgestern wieder ein Brief von Julia im Postkasten lag, worin sie ihre Eltern zu überzeugen versuchte, nur das Nötigste mitzubringen.

Ruhtraud war das alles ziemlich egal. Sie spürte nur mehr die unendliche Müdigkeit in ihren Knochen. Einen Wunsch hatte sie sich noch für ihre alten Tage aufgehoben. Den Ilias wollte sie unbedingt noch von Angesicht zu Angesicht sehen, ihren Urenkel.

„Dieser Wunsch hält mich am Leben", hat sie erst gestern der neuen Nachbarin über der Straße erzählt. Sie hatte gerne mit Maria zu tun, weil die mit ihrer Familie aus der Moldau ins Banat gekommen ist, grenzt dieser Landesteil doch an Bessarabien. Dass auch sie aus dieser fernen Gegend stammt, hat Ruhtraud ihrer Nachbarin aber nie erzählt, wie sie überhaupt nie mit jemand über ihre Kindheit gesprochen hat. Nur Mathias kannte ihr Schicksal. Ihm hat sie oft von der Unendlichkeit der Steppe erzählt.

Das ist schon sehr lange her, dachte Ruhtraud voller Wehmut. Sie saß allein auf dem Bänkelchen, im Schatten der ehrwürdigen Akazie, vor dem Brunmayer-Haus in der Karlsgasse. Von den Menschen, die jetzt hier zu Hause waren, wusste kaum noch einer, dass dieses Haus, in dem Ruhtraud ihr Leben ohne Mathias leben musste, einstmals das stattlichste Bauernanwesen im Dorf war. Er hatte mich lieber als dieses Haus und alles was noch dazugehörte, sinnierte Ruhtraud weiter. Dann verfolgte sie aufmerksam, wie bei Maria das Hoftor aufging und ein grüner Dacia herausfuhr.

Maria folgte dem Auto und schickte sich an einzusteigen, als sie der greisen Frau im Schatten des alten Baumes gewahr wurde.

„Bună ziua bunicuțo"*, rief sie Ruhtraud zu.

Die grüßte zurück und fragte mit matter Stimme, wo sie denn hinfahren.

„Wir fahren in den Zweiten Graben", sagte Maria. „Ion will frisches Gras für die Hasen schneiden."

„In den Zweiten Graben? Nimmt Ihr mich mit?"

„Dar, bunicuțo,* was willst du denn dort?"

„Wenn Ihr nur Gras führ die Hasen mäht, bleibt Ihr doch nicht allzu lange und ich bin sowieso allein zu Hause, also..."

„Na gut. Komm mit. In zwei Stunden sind wir wieder zurück."

„Wartet eine Minute. Ich sperr nur noch die Verandatür ab."

Die Müdigkeit war auf wundersame Weise aus Ruhtrauds Gliedern gewichen. Leichten Fußes eilte sie ins Haus, nahm den Schlüssel, sperrte ab und stieg zu Maria und Ion ins Auto.

- - -

Ruhtraud wusste nicht genau, wie lange es schon zurücklag, dass sie zum letzten Mal in dieser Gegend war. Irgendwann in den sechziger Jahren war sie aus der Kollektivwirtschaft ausgetreten und hatte sich nur noch um den Haushalt, den Garten und um Julia gekümmert. Und sie hat auch Geld ins Haus gebracht. Die Aprikosenbäume waren in manchen Jahren ein wahrer Segen für die Haushaltskasse. Das Geld von den Ardeleans war hingegen immer eine fest eingeplante Einkommenssäule.

Aber selbst diese Zeit lag jetzt schon Jahre zurück. Es hat sich so viel verändert, und doch hatte Ruhtraud immer das Gefühl gehabt, die Vergangenheit lebe mit, dass irgendwelche Zeichen aus ihr ab und zu spürbar sind. Nur konnte sie nie genau sagen, was es eigentlich war. Sie wusste auch nicht, mit wem sie darüber reden könnte. Susanne hatte Sorgen genug und Bawi Rübel ruhte schon auf dem Oberen Friedhof. Seit der Pfarrer bei ihnen im Haus war und gedroht hatte, sie nicht zu beerdigen, wenn sie sich nicht zum Katholizismus bekehre, war sie nicht mehr in der Kirche. Sie hatte Julia in einem Brief ausführlich von diesem etwas merkwürdigen geistlichen Besuch berichtet und die hatte ihr geantwortet, sie solle sich keine Gedanken mehr zu diesem Thema machen, denn in Deutschland begraben katholische Priester auch schon mal evangelische Verstorbene und umgekehrt. Ja, es soll sogar vorkommen, dass Priester verschiedener Glaubensrichtungen zusammen Gottesdienste halten. Und ans Sterben solle sie überhaupt noch nicht denken, hatte Julia ihr geschrieben, das solle sie sich doch bitteschön bis zuletzt aufbewahren. Sie ist halt ein Schelm geblieben, trotz allem, ihre Julia.

Die Aprikosenbäume hat ihr Schwiegersohn bis auf zwei alle ausgemacht und in den kalten Wintern verfeuert. Von den Ardeleans hatte sie seit jenem denkwürdigen Abschied lange nichts mehr gehört. Aber sie war sich immer sicher gewesen, dass der Oberst auch weiterhin seine Hand schützend über sie gehalten haben musste, denn zum allgemeinen Staunen wurden die Hackmanns damals, nach der Flucht ihrer Tochter, nicht von der Securitate verhört. Keine einzige Erklärung hatte man von ihnen verlangt.

Und dann war er, Oberst Ardelean, ergraut und mit etlichen Stirnfalten, kurz nach der Revolution in Temeswar, vor ihrem Haus aus einem Militärjeep gestiegen, und sie hatte geweint, als er vor ihr stand und sie um Verständnis für sein damaliges Verhalten bat. Er hatte ihnen gesagt, in welchem Dorf an der Donau sie Ilies Grab finden könnten, und in ihr wurden nach seinem Weggehen so viele Bilder wach, auch von ihrem Stephan. Mein Gott, vierzig Jahre ist mein Junge schon tot.

Dieser Besuch hatte wie ein Wunder in ihrem Haus gewirkt. Franz Hackmann ließ von heute auf morgen das Trinken, was niemand mehr erwartet hatte, und Susanne konnte nach vielen Jahren wieder lachen. Der Oberst hatte sich mit Franz unter vier Augen unterhalten und am Kirchweihfest, dem letzten in Jarmath, waren Herr und Frau Ardelean ihre Gäste. Ruhtraud hatte sich über Frau Ardeleans weiße Haare gewundert. Die Lichtjahre des Diktators waren an keiner Bevölkerungsschicht spurlos vorbeigegangen.

Nach dem Besuch des Obersts ging alles sehr schnell. Von den wenigen Deutschen, die noch im Dorf lebten, gehörten sie zu den ersten, die eine Ausreisegenehmigung bekamen. Jetzt, zwei Wochen nach der Kirchweih, stand ihre Ausreise unmittelbar bevor. Ruhtraud wusste, das wird ihre letzte Reise sein.

Sie saß auf dem Rücksitz des Autos und sog die Landschaft in sich auf. Das Auto fuhr langsam auf dem unbefestigten Feldweg. Maria und Ion unterhielten sich vorne, so als ob sie die Anwesenheit der alten Frau längst vergessen hätten.

Ruhtraud hörte zwar die Stimmen, gab sich aber keine Mühe einzelne Worte oder gar Sätze zu verstehen. Immer näher rückten ihr indessen Menschen und Ereignisse, die zum Teil mehr als sechzig Jahre zurücklagen.

Dann sah sie zu ihrer halbrechten Seite das Tal, den Zweiten Graben. Instinktiv beugte sie sich vor und berührte Marias Schulter.

„Maria, dort drüben, unter der alten Weide will ich auf euch warten."

„Ihr müsst aber zu Fuß bis hin gehen. Ich komme mit dem Auto nicht durch", sagte Ion.

„Ja, ja. ... Ich gehe gerne bis dorthin. Lass mich hinter der Brücke aussteigen."

Noch einige Meter, dann hielt der Wagen und Ruhtraud stieg aus.

„Wir fahren nicht weit", rief Maria ihr noch nach. „Dort drüben am Hang werden wir das Gras schneiden. Du wirst uns von hier unten sehen können."

- - -

Ruhtraud war es recht so. Sie ging auf die Weide zu...

Und sie merkte schon von weitem, dass der Holunderstrauch daneben nicht mehr stand. Aber den Ort, den konnte sie noch genau erkennen. Andere Sträucher hatten sich hier breitgemacht. Wer weiß, wie lange schon.

Sie ließ sich unter dem knorrigen Baum nieder. Der Altweibersommer zauberte freundliches Luftgeflimmer in das Tal. Die Vögel zwitscherten im Geäst und der Bach murmelte noch immer. Ruhtraud spürte, wie alles Lebendige vom kleinsten Grashalm bis zum lautesten Frosch sie begrüßte, und sie dankte ihnen allen mit Tränen in den Augen, Tränen der Freude und des glücklichen Wiedersehens, aber auch Tränen tiefen Leids.

Ruhtraud glaubte, ihren Mathias neben sich zu haben, und unterhielt sich mit ihm. Sie sah sein Gesicht, hörte sein Lachen und sah dann Ilie, und sie wusste, dass es das gleiche Gesicht war. Nur die Haare waren verschieden. Und das Gesicht des kleinen Ilias schob sich zwischen die beiden..., und es war das gleiche Gesicht. Ruhtraud sah es klar und deutlich vor sich, auch wenn sie es nur von Fotos kannte. Und sie fühlte es wieder: Er lebt, ihr Mathias. Er war immer bei ihr, er hatte sie nie verlassen, und er wird bei ihr bleiben bis ans Ende ihrer Tage.

- - -

Maria rief dreimal laut nach Ruhtraud, aber die alte Frau rührte sich nicht vom Fleck. Sie saß regungslos unter der Weide und starrte in einen nahen Busch.

Auch Ion war aus dem Auto gestiegen. Sie hatten vier Säcke Gras geschnitten und sich oben beim Schneiden gefragt, warum die alte Nachbarin wohl mit hierher kommen wollte. Umso verwunderter waren sie jetzt, als sie merkten, dass Ruhtraud ihr Rufen anscheinend gar nicht hörte.

Sie gingen beide bis zu der riesigen Weide und staunten nicht wenig: Ruhtraud erschrak, ja, schüttelte sogar unwillig den Kopf, als sie neben ihr standen. Maria und Ion konnten das natürlich nicht deuten, aber sie spürten, dass die greise Frau eine besondere Beziehung zu diesem Ort haben musste.

Zu Hause angekommen, schien Ruhtraud wieder die alte,

liebenswürdige, stets hilfsbereite Bunicuţa zu sein. Sie bedankte sich bei Ion und Maria fürs Mitnehmen und verschwand in ihrem Hof.

3

Wieder mal sackte das Flugzeug der Tarom-Gesellschaft in einem Luftloch ab. Franz Hackmann griff spontan nach einem Halt und seine rechte umklammerte plötzlich Susannes linke Hand, die sich auch an der Armlehne festhielt. Es dauerte nur wenige Sekunden und das Flugzeug glitt wieder ruhig über die Wolken dahin.

Franz und Susanne sahen sich in diesem Augenblick an. Ihre Blicke fielen gleichzeitig auf ihre übereinander gelegten Hände, um sich gleich danach wieder zu treffen.

„Susanne, ich habe viele Fehler gemacht", sagte Franz kaum hörbar.

„Ja, Franz. Aber es ist nie zu spät, auch wenn wir schon Großeltern sind."

„Ich habe all die Jahre nicht gelebt. An vieles kann ich mich gar nicht mehr erinnern."

„Du hast die schönste Zeit deines Lebens ver..."

„Ja, ja. Fahr nur fort", sagte Franz, als er merkte, wie seine Frau erschrocken innehielt. „Wir müssen uns endlich aussprechen. Es gibt für mein Verhalten keine Entschuldigung. Es sei denn, Julia..."

„Schau mal, Franz, man kann seine Kinder vor Fehltritten warnen - ja, das ist sogar Elternpflicht -, aber man muss irgendwann auch versuchen, mit ihren Entscheidungen zu leben. Auch mir wäre es lieber gewesen, sie hätte einen Deutschen geheiratet."

„Rumäne hin, Rumäne her. Aber einen Informanten der Securitate!? Nein, Susanne, das hätte sie nicht tun sollen."

„Gräm dich nicht mehr darüber. Wir haben alle für unsere Fehler gebüßt. Ilie ist tot, Julia hat ihren Mann verloren und du hast deine Gesundheit ruiniert."

„Was hätten wir denn sagen können? Gut so, heirate einen

Rumänen!?"

„Das nicht. Aber nachdem sie zu ihm gezogen war, hätten wir sie nicht verstoßen dürfen."

„Ob sie mir das wohl verzeihen kann?"

„Franz", Susanne nahm seine Hand zwischen ihre Hände und drückte sie zärtlich, „Julia hat dir längst verziehen. Denk doch, Ilias ist ein Hackmann und kein Seres. Jetzt, wo du dem Alkohol entsagt hast, wird alles anders werden. Wir können noch immer ein neues Leben beginnen. Dazu ist es wirklich nie zu spät."

„Nur wenn der Neuanfang in Deutschland uns nicht die letzten Kräfte kostet."

„Komm, sei jetzt nicht so zaghaft. Wir dürfen bloß nicht immer auf die schauen, die mehr haben als wir."

„Du solltest nicht vergessen, dass du aus dem Brunmayer-Haus kommst."

Susanne musste lachen. „Franz, jetzt wirst du aber einfältig." Sie sah ihn nach vielen Jahren wieder voller Zuneigung an und sagte: „Das Brunmayer-Haus gibt es schon lange nicht mehr. Und es wird auch bald keine Karlsgasse mehr geben, und kein Jarmath, und keinen Musikantenstreit. Nur unsere Erinnerungen werden bleiben, und die guten werden die schlechten verdrängen, und wir werden uns irgendwann in unseren alten Tagen nur noch des Schönen und Guten entsinnen."

„Was denkst du, wird Ilias sich auch mal für unser Leben hier in Jarmath interessieren?"

„Oh, Franz, frag mich etwas Leichteres."

„Vielleicht wird er in einigen Jahren sehen wollen, wo seine Großeltern gelebt haben. Dann werden wir mit ihm zurückkommen und ihm Jarmath zeigen."

„Und seine Mutter wird mit ihm in ein rumänisches Dorf an der Donau fahren und ihm das Grab seines Vaters zeigen."

Franz Hackmanns Stimme klang bei den folgenden Worten sehr ernst. Susanne lief ein Schauer über den Rücken. Sie spürte, dass ihr Mann endlich in ein lebenswertes Dasein zurückgekehrt war.

„Ja, du hast recht", meinte er, „ vielleicht waren manchmal die Opfer, die wir für den Erhalt unseres Deutschtums von uns und den mit uns hier beheimateten Nationen eingefordert haben, zu groß. Vielleicht wäre auch alles anders gekommen, wenn diese kommunistische Seuche das Land nicht befallen hätte."

„Franz, wir müssen jetzt nach vorne blicken. Dort liegt die Zukunft. Von unserer Vergangenheit aber nehmen wir das wertvollste Gut, das uns, Gott sei's Dank, erhalten geblieben ist, mit nach Deutschland: unsere Muttersprache."

„Ja, alles andere bleibt zurück."

Die Stimme des Piloten kam durch den Lautsprecher und die Fluggäste gurteten sich an.

Beim Anflug des Temeswarer Flughafens sahen Franz und Susanne Hackmann ihr schachbrettartig angelegtes Jarmath wie eine Legosiedlung in der goldenen Herbstsonne liegen. Gebannt betrachteten sie dieses Bild: ihr Heimatdorf zum ersten und letzten Mal aus himmlischer Perspektive.

4

Susanne und Franz hatten noch rechtzeitig den 18:45-Uhr-Zug erreicht. Sie saßen zufrieden und glücklich im Abteil und betrachteten die sich am Westhorizont mit dem rötlichen Himmel vereinende Hutwad*.

Ihre Zugreise nach Bukarest und besonders der Rückflug haben ihnen viel gebracht, viel mehr als einige Stempel in ihre Ausreisepässe. Sie hatten sich nach vielen Jahren eines qualvollen Nebeneinanderherlebens wieder gefunden und waren von einer Aufbruchstimmung beseelt, die ihnen ihr Dasein so rosig wie das jung Vermählter vorkommen ließ.

Ohne Scheu genossen sie dieses neue Lebensgefühl. Munter schmiedeten sie Pläne für die Zukunft, berieten, was man noch mitnehmen müsse und was man verkaufen oder verschenken könne. Sie konnten plötzlich sogar verschiedener Meinung sein, ohne gleich zu streiten, und sogar zugunsten des anderen verzichten.

Mit wiedererlangtem Seelenfrieden stiegen sie im Jarmather Bahnhof aus, eilten am einstigen Wirtshaus PANNERT vorbei, bogen an der Apotheke rechts ab und am Kulturheim, in dem Franz viele Nächte verbracht hat - natürlich nur als die Safer-Kapelle spielte -, links in die Grabengasse, durchschritten den seit acht Jahren baumlosen Park - ein Jahrhundertsturm hatte ihn total zerstört -, gingen den Kirchenberg hinauf, dann durch die Hauptgasse, um schließlich am Oberen Friedhof in die Karlsgasse einzubiegen.

Viele Leute, denen sie begegneten, waren ihnen fremd. Einige von ihnen grüßten Bună seara*. Die meisten gingen aber wortlos vorbei. Wer Guten Abend sagte, blieb meist auch kurz stehen und fragte, wie weit sie schon mit den Papieren wären und für welchen Tag ihre Abreise geplant sei, ob man in Bukarest bei den Botschaften lange Wartezeiten in Kauf nehmen müsse, wo man etwas unterlegen könne, damit es schneller geht, und Ähnliches. Alle, aber wirklich alle Gespräche drehten sich nur ums Auswandern.

- - -

Susanne rief schon im Hof nach ihrer Mutter. Als sie keine Antwort bekam, sagte Franz:

„Es ist schon fast dunkel und Mutter ist noch immer im Garten. Das soll aber wirklich das letzte Mal gewesen sein."

Susanne vernahm mit Genugtuung die Wärme in diesen Worten. Welch ein Tag, dachte sie und drückte die Türklinke zur Veranda nieder.

„Warum hat Mutter abgesperrt? Das tut sie doch nie, wenn sie in den Garten geht", wunderte sie sich.

„Wahrscheinlich wegen dem vielen Gesindel, das sich in letzter Zeit im Dorf herumtreibt", meinte Franz. „Das macht sie schon richtig, obwohl es bei uns nicht mehr viel zu holen gibt. Sperr nur auf. Ich gehe in den Garten und rufe sie."

Susanne öffnete die Tür und sah sogleich den Zweitschlüssel auf dem runden Verandatischchen liegen.

„Mutter ..., Mutter", rief sie, bekam aber keine Antwort.

Eine Minute später stand Susanne Hackmann im Schlafzimmer ihrer Mutter. Ein Schrei des Entsetzens kam über ihre Lippen. Der Schreck in ihr verwandelte sich aber sehr schnell in einen tiefen Schmerz und in grenzenlose Bewunderung: Ruhtraud Brunmayer, ihre Mutter, lag mit glasigem Todesblick und einem milden Lächeln auf den schon bläulichen Lippen auf ihrem Bett. Ihre Hände waren offensichtlich beim Versuch, sie zum Beten zu falten, erstarrt. Obwohl Susanne kaum einer vernunftgerechten Regung fähig war, kam es inbrünstig über ihre Lippen: „Franz, schau mal."

Ihr hinzugetretener Gatte hatte es natürlich auch sofort bemerkt und war selbst tief gerührt: Das Bettzeug war zurückgeschlagen und Ruhtraud lag bekleidet mit ihrem schönsten Sonntagskleid und den Samtschuhen auf dem schneeweißen Leintuch. Neben ihr auf dem Nachtkästchen lag ein Foto ihres Gatten, das ihn als blühenden Jüngling zeigte.

Susanne nahm das Photo und betrachtete es lange. Sie hatte es nie zuvor gesehen, und zum ersten Mal an diesem ereignisreichen Tag, an dem es zwischen ihr und ihrem Mann kein Geheimnis mehr geben sollte, verschwieg sie ihm ihre Gedanken: Zwischen ihrem Vater, Mathias Brunmayer, und ihrem Schwiegersohn, Ilie Seres, gab es eine ebenso verblüffende, wie unerklärliche Ähnlichkeit.

Susanne öffnete zwei Knöpfe am Kleid ihrer toten Mutter und legte ihr das Bild auf die Brust. Dann knöpfte sie das Kleid wieder zu, faltete ihre kalten Hände endgültig und schloss ihr die Augenlider.

5

Siegfried Frank und seine Frau Julia sitzen auf der Terrasse ihres Reihenhauses in der St. Gundekar-Siedlung im Ingolstädter Stadtteil Ringsee. Sie genießen den ersten Nachmittag ihres Pfingsturlaubes. Da beide in der Herrenbekleidungsfirma BÄUMLER arbeiten, können sie ihre Urlaubstage immer gemeinsam nehmen.

Pfingsten 1998. Der 30. Mai ist ein sonniger Frühlingstag.

Es herrscht die übliche Ruhe in der quadratförmig angelegten Wohnanlage mit den auf einen zentral angelegten Kinderspielplatz zulaufenden Gärten. Unter Ruhe verstehen die Bewohner der 25 Reihen- und Doppelhäuser viele Kinderstimmen und ab und zu das Brummen einer rangierenden Diesel- oder Elektrolok auf dem nahen Bahngleis.

Julia und Siegfried haben vor drei Jahren geheiratet und sich kurz darauf dieses Häuschen gekauft. Aus dem sympathischen Arbeitskollegen war mit der Zeit ein guter Freund, Geliebter und schließlich ein fürsorglicher Ehemann geworden, den Julia lieben und schätzen lernte. Obwohl sie schon 37 und er 40 Jahre alt waren, überraschten sie Ilias noch im gleichen Jahr ihrer Eheschließung mit einem Schwesterchen. Und es war letztendlich die aufrichtige Freude des damals immerhin schon fünfzehnjährigen Buben, die das Familienglück der Franks erst vervollständigte.

An diesem Samstagnachmittag ist sogar der Chor der Kinderstimmen in der Wohnanlage ausgedünnt. In den zwei hohen Fichten auf dem Kinderspielplatz tragen zwei Vögel einen Gesangswettstreit aus.

Die kleine Siegtraud spielt im Garten mit ihren Puppen und Ilias verfolgt am Fernsehgerät ein Autorennen. Siegfried liest den *DONAUKURIER*. Er macht das sehr systematisch, nach einem gut eingespielten Ritual. Zuerst überfliegt er die Schlagzeilen der ersten Seite, die ihm meist durch die Radio- und Fernsehnachrichten schon bekannt sind, dann liest er die politischen Kommentare der zweiten Seite, schaut sich die dritte Seite an und liest einen oder zwei Texte, je nach der Thematik, sucht sich von der vierten Seite noch einen oder zwei Artikel aus und verweilt anschließend kurz bei den Wirtschaftsnachrichten. Vom Bayernteil liest er nur etwas auf der ersten Seite und nimmt sich dann die Lokalseite vor, um sie aufmerksam zu studieren. Für die Sportseiten ist meist Ilias zuständig und die Feuilletonblätter sowie die Sonntagsbeilage fallen gewöhnlich in Julias Zuständigkeitsbereich. Dass dann gerade über Beiträge aus diesen Seiten angeregt und oft kontrovers diskutiert wird, ist Julias Kommentaren zu verdanken, die auch meist bewirken, dass Siegfried sich oft auch in ihre Lieblingsthemen vertieft.

Julia hat eben ihr zweihundertstes Gedicht in das schwarze Lederheft von einem losen Blatt überschrieben und schickt sich gerade an, das Heft an seinen Platz im Schlafzimmer zu tragen, als Siegfried die Zeitung aus der Hand legt und wie beiläufig fragt:

„Darf ich auch mal wieder ein Gedicht lesen?"

„Aber natürlich, Schatz. Ich stelle unterdessen den Kaffee hin."

Siegfried Frank vertieft sich in die Seele seiner Frau und bleibt beim vorletzten Gedicht hängen, das er gleich öfter liest. Es ist erst vor drei Wochen entstanden und er weiß sogleich, seine Frau hat Heimweh, Heimweh nach einer Welt, die es nicht mehr gibt. Gleichzeitig spürt er aber wieder die Neugierde, etwas von dieser Welt oder zumindest etwas von ihrem Hauch, der sich anscheinend auf Lebzeiten in den Menschen, die von dort kommen, festgesetzt hat, kennen zu lernen. Nach dem letzten Gedicht, blättert er auf die Nummer 199 zurück und liest wieder, diesmal aber nur die letzte Strophe: In all dee Gasse / leijt dicker Staab. / Mei Fieß hun gspeert, / wie die Zeit vergeht.

- - -

Julia bringt das Tablett mit Kaffee und Kuchen. Als sie Platz genommen hat, sagt Siegfried ohne einleitende Worte:

„Wenn wir morgen Abend von eurem Heimattreffen in Ulm zurück sind, packen wir die Koffer und fahren dann am Montag nach Jarmath."

Julia stellt schnell ihre Tasse hin, bevor sie ihr noch vor Staunen aus der Hand fällt. Sie starrt Siegfried mit einem Ausdruck an, dass der sich ein Lachen nicht verkneifen kann. Die freudige Überraschung, gepaart mit Zweifel an der Ernsthaftigkeit seiner Worte, drücken sich in einem halb offenstehenden Mund und geweiteten Augen aus, was recht komisch in den weiblich reifen, aber immer noch bildhübschen, mit einem Schimmer ewiger Mädchenhaftigkeit beschenkten Gesichtszügen Julias wirkt. Sie erholt sich aber schnell und versucht, ihren Mann auf den Boden der Tatsachen zurückzuführen.

„Meinst du das ernst?", fragt sie frohgemut über den Tisch.

„Ja, natürlich."

„Zeig mal her. Was liest du denn da?"

Julia wirft einen Blick in das aufgeschlagene Heft.

„Du willst den Staub wegwischen? Ich habe dir doch alles, was darunter verborgen liegt, schon hundertmal beschrieben. Und in diesem Dialekt wirst du in Jarmath keinen einzigen Menschen mehr sprechen hören."

„Das weiß ich inzwischen auch schon."

„Und wenn wir morgen nach Ulm fahren ..."

„... schauen wir uns alte Postkarten und banatschwäbische Trachten an. Ich will durch die Straßen gehen, in denen du gespielt hast, will das Haus, aus dem du weggelaufen bist, den Wohnblock, in dem du glücklich warst, die Fabrik, in der Ihr gearbeitet habt, und den Heuplatz sehen. Und, wenn die Straßenverhältnisse es erlauben, solltest du auch Ilies Grab besuchen. Nach unserer Rückkehr kannst du dann diesem Mann in Australien mal wieder schreiben. Schließlich und endlich haben wir es seinem Mut, seiner Kraft und seiner Ruderkunst zu verdanken, dass wir zwei uns überhaupt begegnet sind."

Julia spürt plötzlich, wie ernst es ihrem Sigi mit seinem Anliegen ist, und beginnt die Möglichkeiten und Unwegbarkeiten einer solchen Reise auszuloten. Es dauert eine geraume Zeit - beide haben ihre Tassen längst ausgetrunken -, bis Julia eine Reaktion zeigt.

„Ilias", ruft sie dann, „kommst du bitte mal kurz her?"

Der Junge erscheint auch gleich in der Wohnzimmertür.

„Ja, was gibt's?"

„Wir fahren die nächste Woche nach Jarmath. Kommst du mit?"

„Nein!" Damit verschwindet er ebenso schnell wieder, wie er gekommen war.

„Es hat keinen Sinn ihn zu zwingen", sagt Siegfried.

„Wenn er älter wird, kommt das Interesse an seiner Vergangenheit von allein. Du würdest also fahren, ja?"

„Aber nicht am Montag. Wir brauchen eine Auslandskrankenversicherung und wir müssen eine Menge einkaufen. Du kannst doch nicht mit leeren Händen zu Maria und Ion fahren. Auch Ilies Mutter und die Ardeleans will ich unbedingt besuchen. Also, frühestens am Mittwoch. Früh morgens könnten wir aufbrechen."

Den Rest des Nachmittags verbringen Julia und Siegfried beim Landkartenlesen und mit dem Erstellen einer Einkaufsliste. Als dann gegen Abend Susanne und Franz Hackmann kurz vorbeischauen, begrüßt Siegtraud ihre Großeltern mit der Nachricht: „Fahlen nach Lumänien."

6

Fünf Tage später stehen Julia, Siegfried und Siegtraud Frank auf dem Oberen Friedhof in Jarmath vor einem gepflegten Grab. Es ist eines der wenigen nicht zubetonierten Gräber, und es ist dank Marias Pflege in einem Zustand, der nicht erkennen lässt, dass die Nachfahren der in ihm Bestatteten tausend Kilometer westlich von hier leben.

Die Grabsteininschrift verkündet: Mathias Brunmayer / 1910 – 1942 / Ruhtraud Brunmayer, geb. Münch / 1910 – 1990 / Ruhet sanft.

„Aber dein Großvater ist doch ..."

„... irgendwo in Russland begraben, ja. Hier in diesem Grab liegt nur meine Ruhtraud-Oma. Niemand kennt die Kindheit dieser Frau genau. Auch sie ist in ihren jungen Jahren tausend Kilometer westwärts gezogen. Über ihr Leben vor dieser Reise und auch von ihren ersten Jahren in Jarmath hat sie nie gesprochen."

Siegfried legt seinen Arm um Julias Schultern und sagt mit leiser Stimme, so als ob er die zu ihren Füßen Ruhende nicht stören wolle:

„Das Verblassen der Realität verhilft der Fiktion zu ihrem Recht. Warum widmest du deiner Oma nicht endlich einen

Roman? Du trägst dich doch schon lange mit diesem Gedanken."

Julia blickt zu Siegfried auf, lehnt ihren Kopf an seine Schulter und denkt sich dabei: Menschen, die sich wirklich lieben, können Gedanken lesen.

Sie verweilen noch lange schweigend am Grab, während Siegtraud in der benachbarten Wiese Feldblumen pflückt und sich Mühe gibt, für Mutti einen Strauß zu winden.

7

Auch dieses Ende beginnt mit einem Anfang.

An einem warmen Sommerabend, die Eindrücke der etwa einen Monat zurückliegenden Reise ins Banat noch frisch im Gedächtnis, öffnet Julia Frank ein leeres Schreibheft, das sie ihrem Sohn soeben verlangt hat, und beginnt zu schreiben: Die Erdklumpen lösten beim Aufprallen ein dumpfes Geräusch aus, das wie Keulenschläge ...

- - - -

Anmerkungen und Worterklärungen (*)

I

volosti (russ.): Amtsbezirke
zemstva (russ.): Landschaften, territoriale Verwaltungseinheiten
Andreas Andreevič Widmer - seit 1904 Duma-Abgeordneter, seit 1919 Abgeordneter im rumänischen Parlament (Bessarabien erklärte am 9. April 1918 den Anschluss an Rumänien.)
die Warschauer - Siedler aus dem Herzogtum Warschau
1 Desjatina = 1,07 Hektar
Dr. Franz Kräuter: seit 1922 Abgeordneter im rumänischen Parlament

II

1 Joch = 0,57 Hektar
Volksbund: Deutsch–Schwäbische Volksgemeinschaft, gegründet 1921
Dr. Kaspar Muth: seit 1921 Obmann der Deutsch-Schwäbischen Volksgemeinschaft im Banat (bis 1919 Ungarn / ab 1919 Rumänien)
Prälat Franz Blascovics (Blaskowitsch, Blaskovits): seit 1926 Senator, Mitstreiter Dr. Muths
Spinnstube: Gesellschaftsabend
Krien (Mund.): Meerrettich
Bakantsch (Mund.): grober Schnürschuh, Bergschuh
Godesach (Mund.): Weihnachtsgeschenke von den Paten
Kansbaal (Mund.): Hans-Ball am 27. Dezember
Koschawa: SO-Wind
Gassereih (Mund.): sonntäglicher Nachbarschaftskreis der Frauen vor einem ihrer Häuser

III

Heiduckenharambasch: Freischärleranführer
Betyarenhauptmann: Räuberhauptmann
csikos (ung.): Pferdehirte
şvăboaica (rum.): Schwäbin
Oberst B. Fuchs & Oberleutnant Neff: Mitglieder des 1918 in Temeswar gegründeten Schwäbischen Militärrates
„*Bună ... bine?"* (rum.): „Guten Tag, Traudi. Geht es euch gut?"
fratscheln (Mund.): auf dem Wochenmarkt verkaufen
Bleichin: Wirtin Bleich
Rittmeister: gemeint ist Fritz Fabritius, k.u.k. Rittmeister, Gründer der nationalsozialistischen Erneuerungsbewegung der Deutschen in Rumänien, seit 1935 Landesobmann der Volksgemeinschaft der Deutschen in Rumänien (VDR)
război (rum.): Krieg
Zwiemantel: ein Böttcherwerkzeug
ţuică (rum.): Schnaps;
paprikás (ung.): Paprikagulasch
preot (rum.): Priester
parohia rom. cat. (rum.): römisch kath. Pfarrei

IV

Lissje (Mund.): Lieschen
„*Stephan ...execuţie."* (rum.): Stephan wurde von einem Exekutionskommando erschossen.
... mit der Rübels Wess Liss... (Mund.): ... mit Frau Rübel Elisabeth...
Ausrufen: der Bräutigam rief die Kinder und Jugendlichen, anhand einer vorher sorgfältig verfassten Liste (die womöglich alle zufriedenstellen sollte, was nur sehr selten gelang), zum Formieren des Hochzeitszuges auf.
Safer Vetter Hans (Mund.): Herr Safer Hans
Schnelle Kreisch (rum.: Crişul Repede): Fluss in Siebenbürgen

Octavian Goga: rumänischer Dichter und Politiker
Phönix: Temeswarer Rockband
Walach: Schimpfwort für Rumänen
nemțoaica (rum.): oft abwertend für Deutsche (eine)
neamț (rum.): oft abwertend für Deutscher (ein)
UTC - Uniunea Tineretului Comunist (rum.): Union der Kommunistischen Jugend
Comitetul Municipal de Partid (rum.): Munizipalkomitee der Partei
die Kleinen: die kleinen Formulare, Ausreiseanträge
Helmut Schmidt: Bundeskanzler der Bundesrepublik Deutschland von 1974 bis 1982
Blumenmann: Spitzname eines in Temeswar agierenden Mannes, der für harte Devisen Ausreisegenehmigungen vermittelte
Ceau: im Volksmund für Ceausescu
Securist: Mitarbeiter der Securitate
la locul de muncă (rum.): auf dem Arbeitsplatz (Strafe für einige Gesetzesverstöße)
Vrăbeți: Leiter des Temeswarer Passamtes
Sălăjan: Straße in Temeswar (Sitz des Passamtes
Vindem tot din casă (rum.): Wir verkaufen alles aus dem Haus.
„*Pentru dumnezeu*": rumänische Redewendung: Um Gottes Willen
Draga mea (rum.): meine Liebe

V

„*Bună ziua, bunicuțo.*" (rum.): Guten Tag, Großmütterchen.
dar (rum.): aber
Hutwad (Mund.): Dorfweide
Bună seara (rum.): Guten Abend

Nachwort

Wie jedes Buch hat auch dieses hier eine Entstehungsgeschichte. Es verdankt seine Existenz vielen Zufällen, die im Einzelnen nicht angeführt werden müssen, ja die mir jetzt, beim Schreiben dieser Zeilen, auch gar nicht alle einfallen, handelt es sich doch um einen Prozess, der vor fast 40 Jahren eingesetzt hat.

Ein Mensch aus Fleisch und Blut erblickt in der Regel nach einer neunmonatigen Schwangerschaft das Licht der Welt. Menschen, die im Kopf heranwachsen und nicht im Mutterleib, haben oft einen sehr, sehr langen Schwebezustand hinter sich, bevor ihre Existenz von anderen, lesenden, Menschen wahrgenommen werden kann.

So ist es auch meinen Romanfiguren ergangen. Ihr Zeugungsprozess ging mit der Entwicklung der Medien einher – ganz unbewusst für ihren Schöpfer, aber letztendlich entscheidend für ihre Geburt. Zwei Hefte liegen vor mir. DIN A4. Das eine kariert, das andere liniert. Beide sind vollgeschrieben, mit blauen und schwarzen Kugelschreibern, mit Rot korrigiert, also ausgestrichen, drübergeschrieben, unterstrichen, mit komischen Zeichen versehen usw. Und dazwischen immer wieder lose Blätter, einseitig beschrieben, kleiner, viel kleiner als in den Heften, und auf der Rückseite so komische, groß und fett gedruckte Aufschriften wie etwa „Fa. Görtz und Schiele" oder „Nur mit Kolbenübergröße so und so verbauen". Oder sollte ich schon damals etwas verwechselt haben? Standen nicht meine oft unvollständigen Sätze und losen Worte auf der Rückseite? Sie riechen heute noch anders, diese Blätter, und das nach so vielen Jahren.

Die erste Seite des karierten Heftes trägt die Aufschrift „Stationen – Tarutino" und die letzte des linierten das Wort „Ende". Kein Datum. Welche Nachlässigkeit. Jetzt würde ich es gerne wissen. Es war irgendwann in den neunziger Jahren des 20. Jahrhunderts. Wie lange mag die Zeitspanne zwischen den „Stationen" und dem „Ende" wohl gewesen sein? Es waren bestimmt zwei, drei Jahre. Das war die Zeit der Embryonenbildung. Die Lust zum geistigen Akt geht aber viel, viel weiter in die siebziger Jahre zurück. Und die ersten Ergüsse stammen aus jenen Jahren, als ich einer Frau begegnete, deren Vergangenheit unter einem nie gelüfteten Geheimnisschleier verborgen lag.

Nun waren sie da, meine Gestalten, im Schriftzustand, erbärmlich anzusehen und wohl für alle Ewigkeit zu einem Schubladendasein und irgendwann zum Papiertonnenende verdammt. Die Chancen eines Namenlosen, ein Buch zu veröffentlichen, tendieren gegen Null, hatte ich mal gelesen.

Dann kam aber diese Auslobung eines Literaturwettbewerbs des Münchner Kreisverbandes der Landsmannschaft der Banater Schwaben; zum Thema „Grenzen", wenn ich mich gut entsinne. Um nichts anderes ging es in meinen Heften, um Grenzen. Das war wie ein Fieber, das mich da gepackt hatte, zumal es in der Preisausschreibung hieß, dass dem ersten Preis eine Veröffentlichung gewährleistet wird. Auch Geldpreise waren vorgesehen. Für mich absolut zweitrangig. Meine Romangestalten könnten leben, wirklich leben, war mein einziger Gedanke. Ehrlich. Ich wollte kein Schriftsteller werden. Oder? Wäre das nicht vielleicht doch spannender als Schichtarbeiter?

Wie auch immer. Im Keller stand eine schwarze und laute Triumph-Schreibmaschine. Und los ging's. Also das war ein Getippe. Oft bis spät in die Nacht. Alle schimpften, Frau und Kinder. Als würde es schmerzlose Geburten geben. Zeugungsprozesse sind nun mal kein Vergnügen. Diese erste Druckfassung hat den Weg nach München nie angetreten. Und sie hat auch die Zeit nicht überdauert, geradeso wie die Triumph, die eines Tages Wittenbrinks *Sekretärinnen* am Theater Ingolstadt zum Opfer viel. Auf einer Brother, sie steht noch immer im Keller, habe ich dann das Manuskript für den Wettbewerb getippt. Sie war leiser und erträglicher für mein nicht gerade literaturbegeistertes Familienumfeld. (Obwohl ich heilig versprochen hatte, dass es beim Nobelpreis eine Weltreise gibt, hielt sich die Begeisterung für Papas Flause doch stark in Grenzen.) Immerhin kann ich der

Nachwelt hinterlassen, wann das war. Ein Einlieferungsschein der Post mit dem Absender „Tausend Kilometer westwärts – Roman" – der Name das Autors war wahrscheinlich in einem geschlossenen Briefumschlag im Päckchen verstaut – trägt das Datum 29.03.99 und noch einige für die kommenden Generationen wichtige Hinweise: Gewicht – 6,000 kg und Preis 11,40 DM (Gesamtbetrag entspricht 5,83 EUR).

Und wirklich, die Preise wurden ein knappes Jahr später vergeben: zwei zweite und ein dritter. Ich war, Pardon, mein Manuskript war dabei. Aber die Chance auf eine Veröffentlichung futsch. Ich habe auch nie gehört, ob überhaupt mehr als drei Arbeiten eingereicht worden waren.

Es folgten das Computerzeitalter und damit ein erneuter Umzug meiner Romanleute. Sie lebten ab sofort in Dateien und stiegen von dort ab und zu herab in Leseproben, um vielleicht die eine oder andere nette Dame oder einen nachsichtigen Herrn in einem Verlagsbüro anzutreffen. Manchmal schwirrten sie auch nur im virtuellen Raum in entfernte Lektoratscomputer.

Doch vergebens. Sie passten nicht in diesen Literaturbetrieb. Und ihr Schöpfer schon gar nicht. Ja, ist schon gut, ich weiß ja: Schuster bleib bei deinem Leisten.

Aber sie wollten leben, meine Romangestalten, und wollen es heute noch, auch wenn sie aus Sicht des Literaturbetriebs unrentabel sind und den hohen literarischen Ansprüchen unserer Epoche nicht gerecht werden. Und siehe da, die Zeit scheint angebrochen zu sein, wo alle geistigen Geschöpfe ein Recht auf Leben haben. Sie werden dankbar dafür sein: Ruhtraud, Mathias, Julia, Ilie und all die anderen Menschen aus diesem und Millionen anderen schon existierenden und noch kommenden Büchern.

Ingolstadt, Februar 2012
Anton Potche

Mei Gasse

Gedicht im Johrmarker Dialekt

Dorchs Lothringe
is merr ins Dorf ningfahr.
Die Neigass
is kerzegrad,
die Altgass
e bißje krumm seit eh un je.
Im Grawe
war's Lager vum Prinz-Eugen-Heer.
Uf'm Gashiwl
steht norr e Reih Heiser.
In der Happgass
schlaat's Herz vun der Gemeinde.
Die Hinnereih
is lang un eng.
In der Karlsgass
war's Dorf am Enn.
In de Kleegärter
ware die eerschte Rumänre dehoom.
Die Zigeinergass
leijt glei an der Bohn.
In der Hannigass
hot merr die Grille gheert zirpe.
Die Siweschwowegass
is vun der Happgass de Zipfel.

Dorch all die Gasse
sin ich gelaaf,
sin ich mascheert,
sin ich mol gang.

In all dee Gasse
leijt dicker Staab.
Mei Fieß hun gspeert,
wie die Zeit vergeht.

Berns Toni
Uf der Schanz, 1987